전 세계 상위 100%

김
시훈
/

우리는 놀랍게도 움직이면서 아무것도 안 하는 것을 '할 수' 있다. 나는 안 하는 것을 할 수 있는 능력에 대해 항상 관심을 가지고 작업하고 있다. '끔'이라는 버튼을 '켬'으로써 끔을 켠다는 생각을 항상 견지하려 애쓰고 있다.

다시 말해, "방이 너무 밝아서 잠들기 어려우니 저 형광등 버튼 좀 꺼짐을 켬으로 해서 형광등을 꺼줘!"라고 요청하는 구조를 탐구한다.

평면 회화 작업으로 〈직원휴게실〉, 〈포우즈〉 등의 개인전을 열었다. 각종 그룹전과 컬렉티브 아트 그룹 '네오서울'의 일원으로, 기획 전시 활동을 하고 있다. 일러스트레이션 작업으로 각종 소설의 표지 및 브랜드와의 컬래버레이션 작업을 다양하게 전개해왔다. 현재 한국 문화를 해외에 알리는 〈한국교류문화재단〉 계간지 《코리아나》를 통해 한국 문학 단편선 일러스트레이션 작업을 하고 있다. 《전 세계 상위 100%》가 첫 번째 책이다.

인스타그램 @sihoon_kims

전 세계 상위 100%

김시훈 지음

도서출판 11

프롤로그

　어느 날 무심코 TV에서 흘러나오는 뉴스를 보고 있었다. 기자가 유원지로 보이는 곳에서 한 관광객을 붙잡고 인터뷰를 하고 있었다. 기자의 질문은 대략, "오늘 같은 날 유원지에 와보니 어떠신가요?"였던 듯한데, 약간 긴장된 눈빛을 한 그 관광객의 답변이 날 매우 놀랍게 했다.

　"오늘보단 내일이 좋을 것 같은데, 사실 내일이 되면 오늘보단 별로일 것 같습니다."

　관광객이 왜 이런 모호한 말을 TV 인터뷰에서 했는지는 알 수 없다. 방송사 카메라를 바라보고 하는 인터뷰라 긴장이 되어서 말이 꼬인 것일 수도, 깊이 숨겨진 메타포를 담은 어떤 메시지일 수도 있다. 아니면 알 수 없는 어떤 이유에서 비롯되었을 수도. 하지만 이유가 무엇이 됐든 상관없었다. 확실한 사실은 이 답변이 기자가 기대했거나 의도했던 대답은 아니었다는 점 그리고 내게 엄청난 울림을 주었다는 것이다.

이 문장은 하나의 문장으로써 완결이 되면서도, 아무것도 확정 짓지 않는다. 그러면서 더욱 놀라운 점은 이 문장 바로 뒤에 다시 이 문장을 반복해서 붙여 넣으면 무한으로 반복하며 영원히 지속되는 형태를 가지고 있다는 사실이다.

> 오늘보단 내일이 좋을 것 같은데, 사실 내일이 되면 오늘보단 별로일 것 같습니다.
> 오늘보단 내일이 좋을 것 같은데, 사실 내일이 되면 오늘보단 별로일 것 같습니다.
> 오늘보단 내일이 좋을 것 같은데, 사실 내일이 되면 오

늘보단 별로일 것 같습니다.

두서없음의 총체인 글을 쓰는 줄 알면서도 계속 붙잡고 있었다. 유원지의 한 관광객이 남긴 이야기를 듣고 내가 그랬듯, 이 책을 읽는 이가 그러한 느낌을 받았으면 하는 바람이었다. 책을 읽을 때 글쓴이로서 한 가지 추천해드리고 싶은 방식이 있다. 한 번에 다 읽기보다는, 아무것도 안 하고 누워있을 때 가끔 이 책을 꺼내서 눈길이 가는 제목의 절을 찾아 읽다가 한 번씩 피식하고 웃곤 책을 다시 책장에 꽂아놓는 것이다. 그리고 생각날 때 또 책장에서 꺼내 읽는다. 마치 냉장고에 넣어둔 음식을 꺼내 먹듯이.

—2022년 가을, 김시훈

차례

프롤로그 4

part 1 │ PAUSE

시작이, 반 12

인터뷰 16

어머니는 유니클로에 한 번도 간 적이 없다고 하셨다 18

터무니 있어, 없어? 23

웅장한 명분 쌓기 28

컨베이어 벨트 비빔밥 34

LA 갈비는 국적이 없다 42

어떤 민방위 훈련 45

집 바로 옆 기행문 47

주마등 아카이브 51

한국에서 먹는 미국식 중국 음식 58

전 세계 상위 100% 61

수세미에 대한 소고小考 65

내돈내산, 아스팔트 언박싱 74

효율의 막다른 골목 77

쇄락가이의 탄생 80

무제 83

효과의 효꽈 85

로컬 중국집에 대한 사적인 연구 87

SF-Poem 92

고통의 유예 94

컴퓨터 그래픽스 기능사 자격증 98

위인의 하드 드라이브 104

시공간을 늦은 오후의 나른함으로 만드는 동네 피아노 학원 소리 111

part 2 │ 네오탁구

사단법인 전국눈못맞추는사람연합회 118

인간에게 겉멋을 빼는 것은 거푸집 없이 건물을 짓는 것과 같다 123

흑역사 횟수와 인지 성장의 정비례론 130

식용유 없이 만드는 달걀 프라이 134

일종의 자기 위로 137

자비가 없는 세상 140

봉인 해제 145

기염을 토하다 152

데카르트와 빅뱅 어택 155

편의점 파라솔 유유자적 한량 스타일의 선비 코스프레 프로젝트 163

토종 AI의 자아 173

이세돌 176

세상의 모든 나태함을 없애는 번역 181

검은색 롱 패딩 186

화성 탐사 개발 비용 193

오랜만에 느낀 동지애 197

가전제품 시장의 판로 개척 201

생각이 말하는 것을 관찰해 본 적 있는가 202

생각의 목소리 208

K-도시전설 213

AI가 자아를 가지면 벌어질 일 223

신체적 특징 230

맛의 미술가 232

명료하고 적확한 갑분싸 237

사실과 해석 사이 246

물리 세계 247

작심삼일의 순기능 252

part 3 │ 수유리 아뜰리에

에필로그 279

PAUSE

◆　　　　시작이, 반

　"시작이 반이다."라는 말이 있다. 무언가를 시작하려는 이가 힘들어할 때 주위에서 위로나 용기를 주려고 흔히 쓰는 관용어다. 그런데 어느 날 나는 이 문장의 크나큰 논리적 모순점을 발견하게 되었다.

　자, 일단 '시작이 반과 같다'라는 것은 '시작'과 '반', 이 둘의 값이 같다는 말이다. 값이 '같다'라는 말은 서로의 위치를 바꾸어도 참이 된다. 따라서 시작이 반과 같으므로, 반대로 반이 시작과도 같다. 다시 말해, 시작하려면 반이나 더 가야 한다는 뜻과 다르지 않다.

　어떤 일을 시작하고 있는 친구에게 "그래, 시작이 반

이라잖아. 힘내!"라고 말하는 것은 그 친구에게 "넌 시작하려면 아직 멀었어. 최소 반 정도는 가야 해. 그때서야 시작하는 거야. 그러니 힘내^^"라고 말하는 것과 같다. 용기와 위로를 주려다 이른바 '절친'에서 '데면데면한 지인' 사이로 관계가 수직 하강할 수도 있는 위험한 문구이기도 한 것이다. 특히 문장 맨 끝 '^^' 이모티콘은 친구의 울화를 터트리는 트리거로 그 기능을 충실히 수행할 것이다.

이와 같은 통찰을 지인에게 자랑스럽게 들려줬는데, 그는 내 주장에 상당히 날카로운 반론을 제기했다. 그의 반론은 이러했다. 시작이 반이라는 건 시작한 순간 전체 거리의 중간 지점으로 바로 워프한 것과 같다는 것이다. 그러니까 시작한 순간에 시작점과 끝점 사이의 거리가 절반으로 줄어드는 것을 의미한다고 했다. 따라서 중간 지점까지 도달해야 시작이라는 나의 이론은 성립될 수 없다고 말했다. 충분히 납득 가능한 반론이었다. 하지만 나는 곧바로 재반박했다.

지인의 반론이 참이라면 문제는 더욱 심각해진다. 시작한 순간 중간으로 순간이동했다면, 시작과 중간 값은 같으니 시작 지점으로 다시 워프된다. 시작점으로 순간이동을 하는 것과 동시에 다시 중간 지점으로 순간이동. 그리고 이 과정의 무한반복. 이른바, 시작과 반 사이를 절대로 벗어나지 못하고 둘 사이의 왕복이 무한반복되는 무간지옥이 펼쳐지는 것이다.

주문한 해물파전이 나오면서 아쉽게도 토론은 더 이어지지 못했다. 그리고 공교롭게도 나는 지금 이 내용을 책의 시작 글로 쓰고 있다. 어쨌든, "시작이 반이다."라는 말이 있다.

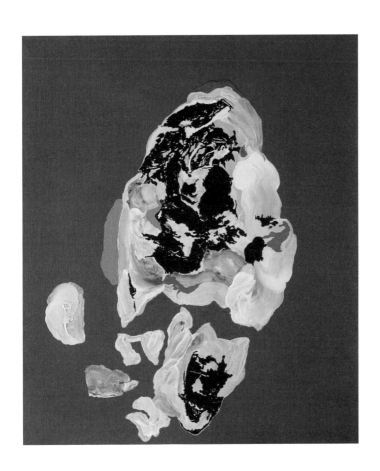

종량제 봉투

◆ 인터뷰

"안녕하세요, 작가님! 인터뷰를 시작하겠습니다. 먼저 갑작스러운 요청에도 이렇게 인터뷰에 응해주셔서 감사드립니다. 인터뷰 일정이 평일 낮시간 대로 잡혀서 굉장히 바쁜 일과시간이기도 할 텐데 시간을 내주시고, 또 이렇게 먼 길까지 와주시다니요. 소중한 시간을 내주셔서 정말 감사합니다. 그럼, 인터뷰를 마치도록 하겠습니다!"

어떤 매체와 인터뷰를 하는 꿈을 꾸었는데, 이것이 인터뷰 전문이다. 너무 분해서 잠에서 깨버렸는데 다시 잠들기 어려웠다. 깨기 전에 어떤 매체인지 물어봤어야 했는데.

wound

◆ 어머니는 유니클로에 한 번도 간 적이 없다고 하셨다

나는 주로 집에서 검은색 유니클로 히트텍 티셔츠를 입고 있다. 2년 정도 입다 보니 옷이 계속 늘어났다. 어차피 집에서만 입기에 별 신경을 안 쓰고 계속 입었더니, 티셔츠 길이가 늘어나 무릎 정도까지 내려왔다.

이렇게 비정상적으로 티셔츠 길이가 늘어나니 질량 보존의 법칙에 의해 부피가 늘어나는 대신 밀도가 줄어들었다. 밀도가 급격히 줄어들면서 티셔츠의 재질이 속이 훤히 비치는 시스루처럼 변한 것이다.

늘어난 티셔츠를 입고 전신 거울 앞에 서니 이걸 입고 밖에 나갔다간 신고를 당하거나 피살될 것 같아서

경부고속도로 로망스

경부고속도로로망스

더 좋은 주인을 만나라고 의류 재활용함에 옷을 갖다 놓기로 결정했다.

그런데 2년 동안 유니클로 제품이라고 알고 지냈던 이 티셔츠에 반전이 있었다. 의류 재활용함에 넣기 전 살펴보니 이 티셔츠는 유니클로 것이 아니었다. 놀라서 자세히 봤는데 상표가 아예 없었다. 나는 하얗게 질린 얼굴로 티셔츠를 들고 그대로 집에 달려가 어머니께, 작년에 이걸 유니클로 매장에서 사 오셨다고 하지 않았냐고 물었다. 어머니는 유니클로 매장을 한 번도 간 적이 없다고 하셨다.

경부고속도로 로망스 드로잉 버전

터무니
있어, 없어?

터무니는 죄가 없다. 뙤약볕이 유난히도 차가웠던 어느 겨울날이었다. 그날도 어김없이 나는 주변 사람들에게 나의 통찰력을 과시하며, 각종 날카로운 일침들을 남발해서 이른바 '비밀의 숲'을 일구고 있었다. 그러다 듣다 못한 일행 중 한 명이 내게 이렇게 일갈했다. "너의 주장은 터무니없다! 근거도 빈약하고 설득력도 없다!"

나는 순간 머리에 망치를 맞은 듯했다. 나의 주장에 설득력이 없다는 말은 늘 듣던 터라 놀랍지도, 그 어떤 충격도 내게 주지 못했다. 내 머리를 망치로 때린 충격은 다름 아닌 '터무니없다'라는 부분이었다.

23

'터무니'라는 말은 국어사전에 대략 이렇게 정의되어 있다. "터를 잡은 자취 또는 정당한 근거나 이유." 한마디로 가치중립적인 단어다. 그런데 나를 비롯해 우리는 왜, 터무니는 없기만 한 걸까? 왜 터무니가 있었던 적은 없는가?

아무도 터무니를 긍정적으로 쓰는 사람이 없다. 부정도, 긍정도 아닌 중립적인 의미의 터무니를 사람들은 터무니가 없을 때만 사용하고 터무니가 있을 때는 터무니를 쓰지 않는다. 안 좋을 때만 쓰고 좋을 때는 배척당한다. 내가 터무니라면 너무나도 서운했을 것이다.

"너의 주장은 터무니없어!"로만 쓰지, "오! 너의 주장은 진짜 터무니 있는데? 설득력 있어! 와, 터무니 대박. 인정!"으로 쓰는 사람은 일평생 만나보질 못했다. 나는 터무니가 너무 안쓰러웠다. 터무니의 소외와 외로움에 손을 내밀어 주고 싶었다. 터무니의 눈물을 닦아주고 싶었다. 사람이 머리에 망치를 맞으면 각성한다는 옛

호머스테이시스

고속도로에서

말이 있다. 그 후로 나는 터무니를 터무니가 '있을 때'만 사용하고 '없을 때'는 절대 쓰지 않기로 했다. 너 정말 터무니 있어! 최고야, 녀석!

◆ **웅장한**
명분 쌓기

한국에서 살면서 이사를 자주 다니는 것은 어쩌면 가축들이 뜯을 풀을 찾아 이동하는 유목민과 같이 마주해야 할 숙명과도 같다. 물론 한국의 잦은 이사와 이주의 주된 원인은 부동산 시세와 임대료 압박이라는 점에서 옛 유목민과 다소 차이는 있지만 말이다.

나도 여러 곳을 이사하며, 평균 이상의 이동량을 자랑하며 살아왔다. 그러던 가운데 운 좋게 신축 빌라에 들어가 살게 된 적이 있다. 신축, 말 그대로 지금 갓 따끈따끈하게 지어진 건물이라는 말이고 내가 그곳의 최초 입주자가 된 것이다. 항상 이사를 들어갈 때면 누군가 살고 있는 공간을 내가 밀어내고 빼앗아 자리를 차

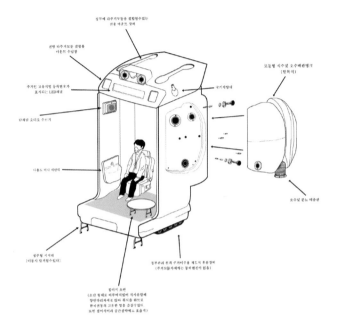

모듈형주거형태단독

지하는 기분이었는데, 이번엔 그 공간에 아무도 없었다. 누구보다도 먼저 그 공간에 깃발을 꽂고 최초의 주인이 된 것 같았다. 텅 빈 방은 아무것도 없는 '제로'의 영역이었고 오로지 내 자유의지로 방을 채울 수 있을 것 같은, 마치 개척자가 된 기분을 만끽할 수 있었다.

특히 고무적인 이유가 하나 더 있었다. 누가 살고 있던 집을 교대하듯 내가 들어가면 항상 나를 침입자로 보는 눈길들이 존재했다. 나보다 먼저 그곳에 살고 있던 벌레들이었다. 그들이 나를 부정적으로 보는 시선도 이해는 갔다. 벌레들 입장에서 보자면 이렇다. 그들은 그 공간에서 이미 나름대로 세상과 질서를 구축하며 잘 살고 있는데, 웬 이방인 인간 하나가 불쑥 들어와서는 자신들을 발견하면 마구 죽이고 살충제를 뿌려대며 그것도 모자라 온갖 종류의 미끼들로 유인해서 자신의 식구들까지 모조리 독살시키는 만행을 저지르는 폭력적 존재가 나이기 때문이다.

하지만 이번엔 다르다. 벌레들보다 내가 먼저 이 공간에 이사를 온 것이다. 그곳엔 벌레들이 없었다. 정말 온전히 나만의 공간이라고 할 수 있었다. 그로부터 한 달이 채 되지 않을 무렵 벌레들이 하나둘씩 보이기 시작했다. 아니, 그보다는 내 집으로 벌레들이 이주해왔다는 것이 더 정확한 표현일 것이다.

한마디로 나의 영역에 벌레들이 침입한 것이고, 항상 침입자였던 나는 상황이 역전되어 주인으로 그들을 경계하며 맞닥뜨려야 했다. 이른바 주객전도. 그렇다고 해서 내가 그들에게 가하는 폭력적인 행위가 그 전과 딱히 달라지진 않았다. 똑같이 살충제를 뿌려대고 길목마다 덫을 깔았으며 발견하면 박멸했다. 정말 달라진 점이라면 '명분'이라는 게 생겼다는 것이다. 이전에는 내가 그들에게 허락 없이 불쑥 들어온 불청객으로서 명분 없는 폭력을 가했다면, 지금은 내가 선점한 공간에 뒤늦게 들어온 벌레들에게 침탈당하지 않기 위해 정당방위로써의 폭력을 행사한다는 것이다. 이른바, 정당성의 획득이다.

명분 혹은 당위성이 대수냐고 생각할 수도 있겠지만, 인류 역사를 보면 알 수 있듯이 수없이 벌어진 모든 전쟁은 결국 땅따먹기와 명분 쌓기였다. 특히 현대사회에서 국가 간에는 명분이 없으면 절대 전쟁을 일으킬 수 없다. 그래도 전쟁은 너무 하고 싶은데 정 명분이 없다면 '선' 전쟁, '후' 억지로 허울뿐인 명분이라도 갖다 붙여 정당성을 획득하려고 한다. 그에 비하면 내 방 주도권을 놓고 벌이는 벌레들과의 전쟁에서, 나는 상당히 견고한 명분을 획득한 셈이다.

방에서 벌레 잡는 이야기를 거시적인 인류 전쟁사로 무리하게 확장해 놓은 감이 없지 않다. 하지만 이렇게 써 놓으면 상당히 '웅장'해진다. 나도 때로는 웅장한 일상을 살고 싶을 때가 있다.

컨베이어 벨트
비빔밥

살면서 한번 각인된 어떤 장면이나 사건은 평생을 가기도 한다. 내가 아주 어렸을 때의 일이다. 초등학교 1학년쯤의 5월. 나는 부처님 오신 날에 할머니를 따라 사찰에 갔다. 매년 할머니 손을 붙들고 따라갔기에, 나는 그날 사찰에서 무료로 비빔밥을 준다는 사실을 알고 있었다. 상당히 들뜬 기분이었다. 어린 나이임에도 공짜가 좋다는 것을 잘 알고 있었던 걸 보면 공짜 사랑은 인류 보편 정서인 듯하다.

사찰이 산꼭대기에 있어서 오르막길을 한참 걸었고, 몸속에서 땀들이 피부 바깥으로 비집고 나오려고 몸부림치면서 온몸이 따끔따끔해질 때 즈음 마침내 목적지에 도착했다. 사찰은 부처님 오신 날이어서인지 시끌 벅적했고 작은 축제 같은 분위기였다. 나는 거두절미 하고 기대했던 비빔밥을 받으러 달려갔다. 그날도 어김없이 비빔밥을 무료로 제공하고 있었고, 3명의 아주머니가 효율적 배식을 위해 비빔밥의 3대 요소인 밥, 나물 고명, 고추장 파트를 각자 하나씩 맡고 있었다. 빈 양푼을 들고 3명의 아주머니를 차례로 스쳐 지나가면 완성된 비빔밥이 양푼에 담기게 되는 시스템이었다. 마치 포드주의Fordism에서 영감을 받은 듯한 컨베이어 벨트 시스템이었다.

돌계단에 걸터앉아서 조립 완료된 비빔밥을 신나는 마음으로 한 술 입에 가져다 넣었다. 그런데 기대했던 것과 달리 뭔가 아쉬운 맛이었다. 3명의 아주머니가 3대 요소를 따로따로 소통 없이 분담하다 보니 맛의 균형이 맞지 않았다. 밥과 나물은 적당한 양인데 고추장을 너무 적게 수령해서인지 매우 싱거웠다. 나는 자리에서 일어나 고추장을 담당하는 아주머니께 다가갔다.

36A0917

"살짝 싱거워서 그러는데 고추장을 조금만 더 주시면 안 될까요?" 조심스럽게 여쭤봤더니 아주머니께서는 흔쾌히 고추장을 내 양푼에 추가로 넣어주셨다. 당시 초등학생으로, 아직 귀여웠던 내가 쭈뼛쭈뼛 다가와서 더 달라고 하는데 안 줄 수가 있었겠는가! 하지만 그 점이 오히려 비극의 서막이라는 것을 나는 그 순간엔 알지 못했다.

아주머니는 짠맛의 균형을 맞추는 정도로 적당한 양의 고추장을 줬어야 했지만, 초등 저학년의 '큐티어필'에 깊이 감화되신 탓인지 인심 좋게 굉장히 넉넉히, 아니 그보다는 좀 더 과도한 양으로 푸짐하게 고추장을 내 양푼에 덜어주셨다. 돌계단으로 돌아와 추가 보충된 고추장을 비벼서 다시 한 술 입에 넣었다. 예상대로 이번엔 역으로 너무 맵고 짜서 먹기 힘들었다. 당시 나는 지금과 달리 상당히 논리적 사고를 많이 하는 아이였다. '그래! 고추장의 양이 너무 많을 때는 밥의 양을 비례하게 늘려서 짠맛을 중화시키면 될 거야!' 이렇게 중얼거리며 이번엔 밥을 담당하는 아주머니께 다가갔다. 나는 거절당하는 게 두려워서인지 고추장 추가 요청 때와 같은 '큐티어필'을 아주머니께 발동했고, 앞서 고추장 때와 같은 상황이 '카피 앤드 페이스트'가 되었다. 아주머니는 인자한 미소를 지으시며, 흔쾌히 방대한 밥을 내 양푼에 덜어주셨다.

나는 잠시 서서 양푼 속 먼저 비빈 밥 위에 하얀 새 밥이 가득 차 있는 광경을 물끄러미 바라보았다. 이쯤 되면 뭔가 잘못 돌아가고 있다는 것을 확실히 인지하기 시작했다. 다시 돌계단으로 돌아와 밥을 비벼 입에 넣어보았다. 맛의 균형은 놀랍게도 정확하게 내가 싱겁게 느꼈던 최초의 비빔밥으로 돌아가 있었다.

(당시) 논리적인 아이였던 나는 망연자실한 기분을 추스르고 일어나 해결 방안을 곰곰이 생각해 보았다. 내가 찾은 답은 이러했다. 밥과 고추장의 비율이 적절히 맞춰져야 할 것 그리고 이 비율이 맞아떨어질 때까

지 고추장 담당 아주머니와 밥 담당 아주머니를 적절히 오가면서 균형을 맞출 것. 이 두 가지만 잘 맞추면 해결될 상황이었다.

　물론, 여기에 변수는 있었다. 아주머니들이 추가로 주시는 고추장과 밥의 양이 일관된 정량이 아니라는 것이다. 1회당 일정량으로 추가해 주신다면 내가 몇 번을 오가야 비율이 맞춰질지 계산하기 쉬웠으련만, 1회당 추가량은 랜덤이었다. 어쩔 수 없이 이 부분은 운에 맡기기로 했다. 고추장과 밥의 비율이 맞을 때까지 오가면 언젠가 맞아떨어질 수 있을 테니까. 이렇게 논리 아홉 스푼, 운 한 스푼으로 무장하고 나는 두 아주머니 사이를 번갈아 몇 차례 오갔다. 밥과 고추장의 비율은 계속 맞지 않았다. 신기하게 너무 짜거나 너무 싱겁거나의 흑백논리를 반복할 뿐이었다.

　그리고 짠맛의 비율에만 몰두했는지 나는 더 큰 것을 놓치고 있었다. 아주머니들 사이를 오갈수록 비빔밥의 총량이 계속 늘어간다는 사실이었다. 이미 비빔밥은 내가 통제하기 힘들 정도로 불어나 있었다. 겁이 났다. 이대로 두었다간 양은 걷잡을 수 없이 늘어날 테고 나는 감당할 자신이 없었다. 어느 순간 '그만!'을 외치고 이 상황을 멈춰야 했다. 사실 그럴 필요도 없었다. 그저 더는 두 아주머니 사이를 왕복하지 않고 비빔밥은 먹을 만큼 먹다 남기고 가면 그만이었다.

하지만 그럴 수는 없었던 게, 당시 나는 '음식을 남기면 나쁜 어린이'라는 구호를 사회로부터 반복학습 당한 상태였다. 따라서 내 분량의 밥은 남기지 않고 반드시 다 먹어야 하는데, 그러려면 짠맛의 균형을 맞춰야 가능하다는 강박이 생겼던 것이다. 그러나 그럴수록 비빔밥의 총량은 계속해서 늘어만 갔다. 언젠가 비율이 맞는 시점이 오더라도, 그 많은 비빔밥을 다 먹을 자신이 도저히 없다는 것이 공포로 다가왔다. 통제불능 상태에 직면한 초등 저학년인 내가 고를 수 있는 선택지는 하나뿐이었다.

오월의 축제 분위기 속 사찰에서 나는 비빔밥 양푼을 손에 든 채 나라를 잃은 선비보다도 더 통렬하게 오열했다. 장내가 떠나가도록 우는소리를 듣고 황급히 할머니가 상황을 수습하러 뛰어오시는 장면이 기억나지만, 이후 상황이 어떻게 정리되었는지는 기억이 나질 않는다. 다만 명확히 기억나는 건 그때 내 울음의 성분이다. 죄책감, 무력감, 막막함이 주된 성분이었지만 하나가 더 있었다. 아주머니들이 추가분을 퍼주시면서 지었던 미소가 사실은 인자한 것이 아니었다면? 두 아주머니의 짜고 치는 고스톱에 내가 농락당한 게 아닐까 하는 음모론도 포함되어 있었다.

인간에게 한번 각인된 기억은 평생을 가기도 한다. 지금도 누가 비빔밥을 먹고 있는 장면을 보면 비빔밥이 무한대로 증식되어 온 세상을 뒤덮는 환상이 오버랩되어 보인다. 그래도 주면 잘 먹는다. 심지어 요즘엔 더 자주 먹는다.

LA 갈비는
국적이 없다

한국에서 LA 갈비는 미국에서 건너온 갈비라고 해서 LA 갈비라고 부르고, 미국에서 LA 갈비는 한국으로 보내는 갈비라고 해서 KOREAN 갈비라고 부른다고 들은 적이 있다. LA 갈비는 국적이 없다. 양국 간의 경계에 서 있는 고기 부위이며, 오전도 오후도 아닌 동시에 오전과 오후이기도 하다. 어제도 오늘도 아닌 동시에 어제와 오늘이기도 한 '12시' 같은 부위이다.

나는 스마트폰 알람을 12시에 맞추려고 할 때 이 모호함 때문에 항상 오전 11시 59분 혹은 오후 11시 59분에 맞춘다. 물론 12시가 오후냐 오전이냐, 어제냐 오늘이냐는 인터넷에 검색 한 번이면 해결된다.

하지만 간직하고 싶은 모호함은 누구나 하나씩 있기 마련이다. 그래서 일부러 검색하지 않았다. 그럼에도, '라LA 갈비'는 그리 좋아하는 음식은 아니다. 미각적 취향의 호불호는 라 갈비의 매력적인 서사와 별개일 수도 있다. 그러나 다른 음식과 마찬가지로, 역시나 주면 맛있게 잘 먹기는 한다.

bang

어떤
민방위 훈련

"여러분은 국가와 사회의 안보를 지키러 이 훈련에 오셨습니다. 그런데 '쓰레빠'를 신고 오시면 어떻게 합니까! 우리 모두 반성해야 합니다."

민방위 대장이 단상에 오르더니 마이크 테스트도 하지 않고 곧바로 시작한 이야기의 첫 마디였다. 그는 뜨거운 애국심으로 이야기의 포문을 열었다. 작은 초등학교 운동장에서 조회와 아주 흡사한 형식으로 민방위 훈련이 이뤄지고 있었다. 이어서 애국가 제창 순서가 되었는데, 놀랍게도 뜨거운 애국심의 소유자인 그는 다음과 같이 말했다.

"애국가는 '원활한 행사 진행'을 위하여 생략하겠습니다."

민방위 대장은 엄청나게 변화무쌍한 감성을 선보이며, "동네에 쓰레기 배출 시간은 한 번으로 정해져 있는데, 온종일 배출하시면 어떡합니까!"라며 별안간 훈화의 마무리를 지었다.

나는 혼자 너무 크게 웃은 나머지 대열에서 원치 않는 주목을 받게 되었다. 민방위 대장은 후렴구로 '쓰레빠' 이야기를 한 번 더 언급함으로써 슬리퍼가 아닌 '쓰레빠'에 방점을 찍고는 단상에서 내려갔다. 그의 관점에서 우리는 '쓰레빠'를 신고 다니며, 온종일 쓰레기 배출에 전념을 다하는 존재로 해석되고 있었다.

집 바로 옆
기행문

　오월의 볕 좋은 어느 날이었다. 집에서 작업을 하고 있던 나는 담배를 사려고 집 밖으로 나갈 마음을 먹었다. 신발을 신으려고 방을 나와 마당으로 나오니 정오의 짱짱한 햇빛이 마당 타일들 위에 하나하나 맺혀있어 보기 좋았다.

　신발을 신고 지갑을 챙긴 다음 거울을 한 번 봤다. 대문을 열고 집 밖으로 나왔디. 운 좋게도 우리 집 바로 옆이 담배 가게로, 매우 가까웠다. 가게에 들어가 담배 한 갑을 사서 나오면서 3칸짜리 짧은 계단을 내려오는데 발을 헛디뎠다.

계단을 내려오다가 발을 헛디디는 유형에는 대체로 두 가지 있다. 첫 번째, 계단을 다 내려왔다고 착각하고는 마지막 계단을 바닥인 줄 알고 발을 내디디지만, 계단이 한 칸 더 남아서 뒹구는 경우다. 첫 번째보다 흔하진 않지만, 두 번째 유형으로는 실제로 다 내려와 놓고서는 계단이 한 칸 더 있는 줄 착각하고 발을 내딛다가 바닥에 뒹구는 경우다. 나는 두 번째 유형으로 계단에서 발을 헛디디게 되었다.

물리적인 법칙을 무시하고 관념적으로 봤을 때, 다 내려와 놓고 계단을 한 칸 더 내려간다는 것은 땅속으로 들어간다는 의미가 된다. 다행히 우리가 사는 지구와 우주는 물리시스템이 아주 잘 구현되어 있기에 나는 땅속으로 들어가지 못하고 담배와 담배를 사면서 남은 동전 다섯 개, 담배를 사자마자 피우려고 손에 쥐고 있던 라이터와 스마트폰을 거리에 흩뿌리면서 나뒹굴게 되었다.

노량진역은 지금 거기 있는가

지나가던 동네 주민들은 오랜만에 벌어진 역동적인 장면에 넋을 놓고 관람하고 있었다. 나는 내가 취할 수 있는 가장 빠르고 효율적인 동작으로 길에 흩뿌려져 있던 모든 것을 즉시 회수, 바로 옆 우리 집으로 신속히 되돌아왔다. 집에 돌아오자마자 나는 집에서 출발하여 담배 가게를 들렀다가 다시 집으로 돌아오는 여정 중에 겪은 일에 대하여 어머니와 대화를 나누었다.

"어머니, 어머니. 저는 두 번째 유형으로 오늘 계단에서 발을 헛디뎠습니다."

어머니가 말씀하셨다.

"아들아, 아들아. 너는 하마터면 너와 세상 사이를 가로지르고 있는 아스팔트가 없었다면, 너는 하마터면 오늘 땅속으로의 여행을 할 뻔했고, 너는 하마터면 집에 일찍 귀가할 수 없을 뻔했구나."

"삶의 여러 장면이 주마등처럼 스쳐 지나간다."

이 말은 만화, 영화, 드라마 등에서 수없이 쓰였기에 우리에게 익숙하다. 주로 생사가 오가는 극한 상황에서 주인공이 읊조리는 것으로 보아, 주마등 안에 삽입된 장면들은 그 당사자가 살면서 겪은 소중한 순간의 장면들로만 아카이브 되었을 것이라 여기기 쉽다.

물론 맞는 말이기도 하다. 그러나 현실은 실전이라고 했던가. 개개인이 가지고 있는 '주마등 라이브러리'에는 반드시 중요하고 상징적이며 의미 있는 장면들만 수록되진 않는다. 심지어, 도대체 왜 이런 장면이 들어가 있는 건지 근본을 알 수 없는 의미 없고 이상한 장면 들도 수록된다.

그 예로 나의 주마등 라이브러리에 업로드된 한 가지를 이야기해 보겠다. 아는 작가가 신생 갤러리에서 전시를 한다기에 친구와 함께 친목 도모 및 축하 인사차 방문한 적이 있었다. 갤러리 입구에 도착했다. 매우 급박하거나 혹은 특수한 어떤 이유가 없다면, 발을 앞으로 내딛으며 손을 뻗어 문을 열고 입구로 들어가는 것이 상식적이며 보편타당한 행동이다. 나 역시 그 전 인류적 행동 합의에 동조하며 평범하고 상식적으로 걸어 들어가려고 했는데, 같이 온 친구가 뜬금없이 입구 앞까지는 걸어가다가 갑자기 도움닫기를 하면서 안쪽으로 펄쩍 점프해서 들어가려는 것이었다. 이유는 알 수 없었다. 문제는, 갤러리 출입문이 통유리로 된 투명 문이었다는 것이다.

그 친구는 문이 없는 줄 알고 뛰어든 것이었으며, 온

몸의 체중을 실은 얼굴로 통유리가 '텅!' 소리가 울리도록 '텅유리문'을 강타했다. 그 자리에서 나는 친구의 행동을 멍하니 지켜보고 있었다. 평평한 유리 면에 얼굴이 정면으로 부딪쳐 상식적으론 얼굴에서 가장 돌출된 코가 제일 먼저 충격을 받았어야 할 텐데, 이상하게도 녀석은 눈을 부여잡고 몸을 쪼그렸다. 점프한 이유도 미스테리요, 이 점도 미스터리였다.

물론 살면서 물리법칙이 적용되지 않는 경험을 할 때도 간혹, 아주 드물게 있긴 하다. 어찌 되었든, 그 순간 쪼그려 앉은 친구의 얼굴에서 굉장히 굵은 눈물 한 방울이 낙하하는 것을 보았다. 나는 그것이 물리적 고통으로 인한 눈물인지, 투명 문에 속은 게 분하고 억울해서 나온 심리적 눈물인지는 알 수 없었다. 그때였다. 굵은 눈물방울이 툭 떨어지다가 아스팔트 재질로 된 바닥에 부딪히면서 아무 소리 없이 넓게 퍼지는 찰나. 그 순간은 큰 소리에 맞먹을 만큼 묵직한 '무음'이었다. 그 찰나에 내 머릿속에 '찰칵'이라는 소리가 들린 것 같았다.

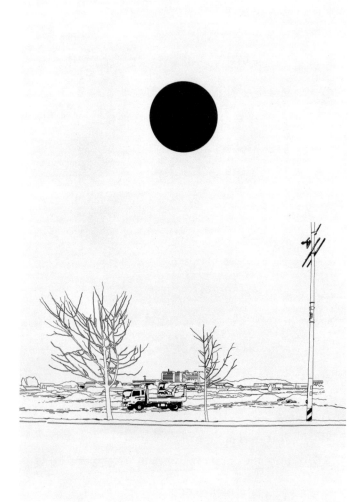

겨울도로

나의 주마등 라이브러리에 그 장면이 등재되는 소리였다. 나는 여전히 멍하니 가만히 서서 일련의 과정들이 나의 주마등에 업로드되고 있는 순간을 느끼고 있었다. 물론 왜 그렇게 되는 건지는 나도 알 수 없었다. 그냥 그렇게 되고 있었다. 아스팔트 바닥의 메마르고 뜨거운 흑색 질감 위에 묵직한 질량으로 낙하하는 눈물방울. 이내 바닥에 당도한 눈물방울이 100원짜리 동전 지름 크기로 납작 평평하게 퍼지고는 아스팔트 표면으로 흡수되면서 사라졌다. 이 장면이 10년이 지난 지금도 또렷하게 기억되고, 화면 재생이 된다. 이 아무 의미 없는 장면이 말이다. 내가 나중에 나이가 들어서 죽기 직진에 재생되는 주마등 가운데 만약 이 장면이 나온다면 나는 매우 김새고 짜증 나는 기분으로 세상을 떠날 듯하다.

또한 위의 상황과 비슷한 구조지만, 좀 새로운 형식이 추가된 경험도 있다. 해가 쨍쨍한 휴일 오후였다. 친구와 둘이서 길을 걷다가 밥 버거를 사 먹은 적이 있었다. 가게에서 각자 밥 버거와 닥터페퍼 캔 하나를 사서 밖으로 나왔다. 우리는 가게에서 먹으면 될 것을 굳이 밖으로 나와 길에서 서서 먹었다. 왜 그랬는지 이유는 잘 모르겠다. 친구와 시시껄렁한 잡담을 나누면서 밥 버거를 다 먹었는데 캔의 음료가 절반이 넘게 남았다. 목도 마르지 않았고 더 마시고 싶지 않았다. 서 있던 곳 바로 아래에, 정확한 명칭은 잘 모르겠지만 우리가 흔하게 길에서 보는 도로의 빗물이 하수도로 빠지는 용도의 구멍이 나 있었다. 나는 팔을 앞으로 뻗은 후 캔 입구가 아래를 보도록 손목을 돌려 음료를 그곳으로 쏟아냈다.

그 순간이었다. 캔에서 땅으로 쏟아지는 음료가 밝은 햇빛을 받아 영롱하고 투명한 입자들로 보이면서 천천히 그리고 활기차게 쏟아져 내렸고, 나는 그것을 멍하니 쳐다보게 되었다. 그 찰나의 순간을 내 머릿속은 '찰칵'하면서 주마등에 업로드시켰다. 더 놀라운 점은 그 장면을 같이 멍하게 바라보던 친구의 머릿속에서도

'찰칵' 소리가 나는 것을 알 수 있었다. 아무 의미 없는 장면이 이유를 알 수 없이 주마등에 수록된 것도 놀라운데, 같이 보던 사람도 마치 전염되듯이 이 무의미한 장면을 자신의 주마등에 업로드하고 있었다.

그렇다면 만약 음료를 쏟아낼 때 그 자리에 그 친구 한 명 말고 여러 명이 있었다면? 수십 혹은 수만 명이 같이 보고 있었다면? 그리고 주마등이 복제되어 수만 명의 사람이 모두 자신이 생을 마감하기 직전에 재생되는 주마등으로 먹다 남은 음료를 하수도에 쏟아내는 이 장면이 재생된다면 기분이 어떨까. 그래도 나만 당할 때보다는 덜 원통할 것 같긴 하다.

한국에서 먹는
미국식 중국 음식

일로 평소에 잘 가지 않는 낯선 동네로 외출을 했다. 볼일을 보고 나니 밥 먹을 때가 되어서 낯선 동네의 거리를 돌며 적당한 식당을 물색했다. 그러던 중 매우 재미있는 가게를 발견했다. 간판에 '미국식 중국 음식'이라고 적혀있었다. 오! 매우 궁금하기도 하고 흥미로워서 바로 그곳에서 밥을 먹기로 했다.

가게에 들어가니 손님은 나 혼자뿐이고, 조명도 많이 어두운 걸로 보아 아직 영업준비 시간인 듯했다. 마침 홀에 직원 두 명이 있기에 물어보니, 다행히 식사가 가능하다 하여 다시 설레는 마음으로 자리에 앉았다. 그런데 메뉴판을 보니 의외로 기존 중국집 메뉴들과 크게 다르지 않았다. 물론 같은 짜장면이라도 한국식과 중국식처럼 재료와 조리 방식에 따라 맛이 다르다는 건 잘 알고 있다. 이른바 로컬라이징! 미국식 짜장면은 대체 어떤 맛일까? 흥분이 된 나는 기대와 더불어 SNS에 자랑할 생각에 매우 기뻤다.

짜장면은 맛있었다. 그러나 맛은 정확히 내가 집에서 늘 주문해 먹던 우리 동네 중국집 짜장면과 일치했다. 도대체 뭐가 미국식인지 알 수 없었다. 문득 아까 홀에 있던 직원 두 명을 바라봤다. 가게 규모를 봤을 때 하나는 직원, 하나는 사장일 듯싶었다. 그들은 서로 잡담을 나누고 있었다. 영어로.

그랬다. 그들은 영어로 대화하고 있었다. 매우 유창하고 자연스러운 억양으로 봤을 때 그 둘은 미국에 꽤 오래 살다 온 것 같았다. 교포일 수도, 유학파일 수도 있는데 알 수도 없고, 알고 싶지도 않았으며, 알 필요도 없었다.

그러니까 그날 나는 낯선 동네의 중국 음식점에서 영어를 잘하는 사람이 만든 짜장면을 먹고 왔던 것이다. 가히, 미국식 중국 음식을 먹었다고 할 만하다! 그 후로 상당히 오랫동안 나는 만나는 사람이나 지인들에게 그 '미국식 중국 음식'점을 강추하고 다녔다. 한국어를 잘하는 내가 스파게티를 만들면 '한국식 이탈리아 음식'이 된다고 생각하니 이내 고개가 끄덕여졌다.

◆ **전 세계
상위 100%**

.

그림 작업을 할 때 그래픽적인 요소들이 필요한 경우
가 많아서 자주 컴퓨터를 쓴다. 그러다가 컴퓨터로 가
끔, 아주 가끔, 간혹가다가, 다시 강조하지만 매우 드물
게, 머리를 식힐 겸 게임을 할 때가 있다.

한 번은 얼마나 빠르게 경쟁자들보다 골인 지점을 통
과하는지로 우열을 가리는 레이싱 게임을 한 적이 있
었다. 경주 기록은 온라인으로 연결되어 있어서 레이
스를 다 돌고 나면 화면에 전 세계 모든 플레이어 가운
데 내가 몇 등을 차지했는가가 출력된다. 내 레이싱 능
력은 내가 잘 알기에 등수에 대한 기대는 내려놓고 달
렸다. 그저 코스를 완주한다는 것에 의의를 두는 매우

담백한 마음가짐으로 달렸기에 전 세계에서 나의 랭킹 따위는 안중에도 없었다.

"당신은 전 세계 상위 100% 안에 들었습니다. 축하합니다."

레이스를 마치자 화면에 출력된 내용이었다. 순간 동공이 커지고 자세를 고쳐 앉았다. 오! 내가 이렇게 잘했나? 전 세계에서 상위 100%라니. 뭔가 애매한 면이 있었지만, 상위 몇 퍼센트 안에 들었다는 관용구는 주로 칭찬할 때 쓰이지 않는가. 뭔가 스스로 대견하고 글로벌한 사람이 된 기분으로 잠자리에 들었다.

자려고 누웠으나 나는 아까 그 애매한 지점이 계속 마음에 걸렸다. 수학에 재능은 없었지만 초등학교 산수 실력까지 끄집어내어 상위 100%가 어느 정도 수치의 의미인지 곱씹어 보았다. 답은 나왔다. 꼴등이라는 말이었다. 그것도 전 세계에서. 뭔가 게임에 농락당한

기분도 들었지만, 반면에 뭔가 새로운 기술을 얻은 것
같아서 좋기도 했다. 나도 나중에 마음에 안 드는 녀석
이 있다면 써먹어야지. "넌 정말 똑똑해! 전 세계 상위
100% 안에 드는 똑똑함이야."

군중들 1

수세미에 대한
소고 小考

마감이 있는 날은 설거지를 곧바로 하지 못해서 묵은 설거지거리가 싱크대에 쌓이기 마련이다. 설거지감이 눈에 보일 때마다 기분이 좋지는 않지만, 마감을 끝내고 쌓인 그릇들에 하얀 거품을 먹인 후 차가운 물로 깨끗이 씻어냈을 때 그릇에서 느끼는 뽀드득거리는 질감. 개운하고 상쾌한 쾌감이 있다. 중독성이 있어서 마감 후의 설거지가 기다려지기도 한다.

오늘도 마감을 끝내고 어김없이 산처럼 쌓인 설거지를 했다. 그릇에 묻은 음식과 양념들을 닦으려고 주방 수세미에 세제를 듬뿍 뿌렸다. 설거지 계에서 수세미는 언제나 의지할 수 있고 신뢰가 가는 존재다. 제아무리 더러워진 그릇이라도, 세균들이 가득 탄 '세균 만원 버스' 그릇이라 하더라도 세제를 묻힌 수세미 앞에서 깨끗이 무릎을 꿇었다.

그때였다. 수세미에 대한 믿음과 신뢰에 작은 균열이 가게 만든 것은 머릿속에 떠오른 질문 하나였다. '수세미가 만약 오염되어 있다면? 수세미가 내가 생각하는 만큼 무균질의 깨끗한 존재가 아니라면? 수세미가 깨끗하리라는 건 어떻게 보장할 수 있는가?' 이런 생각이 들자 순간 망치에 머리를 한 대 맞은 듯 멍해졌고, 설거지를 하던 나의 모든 동작은 셧다운 되었다. 내가 할 수 있는 생각은 이 수세미가 깨끗할 것이라는 막연한 추정 외에는 없다.

아주 옛날, 석공들이 거대한 바위를 쪼갤 때 중장비는 필요하지 않았다. 나뭇조각 하나와 작은 망치와 정만 있으면 충분했다. 작은 망치로 정을 바위에 박아 깨진 틈으로 나뭇조각을 넣은 후 물을 부으면 바위에 박힌 나뭇조각이 물에 불어서 부피가 늘어나고 미세하게 늘어난 부피에 바위의 작은 균열은 점점 벌어지게 된다. 결국 거대한 바위는 작은 나뭇조각 하나에 쪼개진다. 수세미에 대한 신뢰에 생긴 작은 균열은 내 머릿속에서 또 다른 의문들이 꼬리에 꼬리를 물며 바위에 박힌 나뭇조각처럼 부피를 늘려가고 있었다.

수세미는 쓰고 나면 항상 젖은 상태로 싱크대 위에 놓여있다. 게다가 싱크대는 어쩔 수 없이 물기에 노출되어있는 환경이다. 또한 수세미의 조직은 내부에 작은 구멍들이 촘촘히 뚫려있다. 세균들에게는 너무나도 매력적인 공간이 아닐까. 수세미를 새것으로 교체한들 오염에 관한 의혹은 여전히 남을 것이다. 설거지할 때마다 새로운 수세미를 구입해서 교체하지 않는 한 말이다.

설령 그렇게 한들, 그 막대한 구입 비용은 어떻게 감당할 것이며 더 나아가 공장에서 새로 나온 수세미의 무결성은 어떻게 보장하는가. 만약 그것을 보장하는 기관이나 인물이 있다면, 다시 그걸 보장한 이의 타당성과 건전성은 누가 보장할 수 있는가. 보장한 이의 보장을 보장하고, 그 보장의 보장을 보장하면서, 지구 인구 전체가 기차놀이하듯 보장을 바통 터치하면 세계에서 가장 늦게 태어나는 아이가 마지막 보장을 이어받게 될 것이다. 그렇게 되면 그 아이가 자라서 자식을 낳게 되면서 수세미의 최종 보장자는 계속 승계될 것이다.

이 말은 절대 보장은 불가능하고 최종 보장의 유예만 될 뿐이라는 의미다. 그렇지만 유예는 영원하지 않을 것이다. 지구가 멸망하거나 인류가 멸종된다면 수세미에 대한 보장은 완결되지 않은 채 끝날 것이기 때문이다. 아니, 끝난다. 왜냐하면 우주는 엔트로피법칙이 적용된다. 에너지는 높은 곳에서 낮은 곳으로 흐를 테니 언젠가 우주는 필연적으로 열평형 상태, 그러니까 '끝'날 것이다. 따라서 수세미에 대한 절대적 보장은 불가

군중들 2

주고받는 중

능하다. 설거지 앞에서 나는 인간으로서 너무나도 왜소하고 무력하다고 느꼈다. 내가 의지할 것이라곤 수세미에 대한 막연하고 불안한 믿음뿐인가. 우리가 선택할 수 있는 것은 세 가지다.

1. 수세미는 무결하다. 절대 보장은 불가능하지만 우리가 인식할 수 없는 초월적 존재가 보장해 줄 것이다. 나는 그렇게 믿는다.
2. 무결한 수세미는 존재하지 않는다. 이것도 절대적 보장은 불가능하지만, 나는 그렇게 믿는다.
3. 수세미가 무결한지 불결한지 우리는 알 수 없다. 1번과 2번 선택지는 서로 정반대로 다른 것 같지만 둘 다 '믿음'에 근거하는 쌍둥이다. 나는 그저 눈앞의 설거지를 즐겁게 하겠다. 내가 즐겁게 느끼는 것은 누가 보장해 줄 필요가 없다.

나는 3번을 선택하겠다. 그런데 이 글을 쓰기 전에 이미 나는 3번을 선택하고 있었으므로 3번을 좀 더 매

력적으로 보이게 글을 쓰려고 노력했을 수는 있다. 혹
시 이 글을 읽는 사람에게 세 가지 선택에 있어서 편향
성을 유도하지 않았을까? 그렇다면 이는 또 누가 보장
해 줄 것인가.

세계 주는 중

내돈내산,
아스팔트 언박싱

 나는 밥을 먹을 때면 습관적으로 TV를 켜놓는다. 예능 프로에는 별 관심이 없어서 주로 뉴스 전문 채널을 화이트 노이즈처럼 켜놓고 밥을 먹는다. 24시간 뉴스를 방영하는 채널 특성상 광고 시간이 아예 할당되어 있어서 운이 없을 때는 밥 먹는 동안 계속 광고만 볼 때도 있다.

 그러던 중 굉장히 놀라운 광고를 보게 되었다. 광고는 다양한 상품들을 다루지만, 기본적으로는 우리 상식선에서 존재하는 익숙한 물건들이다. 그런데 내가 본 건 무려 '아스팔트' 광고였다. 놀랍지 않은가? 아스팔트를 판매하는 광고라니! 내가 살면서 봐왔던, 도로에 깔려있는 아스팔트는 언제나 그냥 엑스트라에 가까운 배경일 뿐이었다. 내가 가지고 싶거나, 구매하거나, 지름신이 구입을 부추기는 그런 대상이 아니었다. 게다가 '공공재'인 아스팔트를 개인이 구입할 수 있는 게 가능하단 말인가. 광고 형식도 놀라웠다. 아스팔트를 판촉하는 이 새로운 개념을 가지고 기존 물건들을 광고하는 형식의 평범한 연출이라니…. 더욱 놀라웠다.

광고의 내용은 한마디로 이러했다. '우리 회사 아스팔트는 너희가 쓰는 기존 아스팔트보다 차가 지나갈 때 훨씬 조용하다, 그러니 우리 제품을 사용하라!' 그러면서 이걸 구입한 가족이 집에서 다 같이 뛰쳐나와서 이 신박한 아스팔트를 보며 만족하고 기뻐하는 장면으로 마무리된다. 사실 모호한 지점은 이 아스팔트를 만드는 회사가 개인이 구매하라고 이 광고를 제작했을까 하는 것이다. 건설 시공사나 기관들이 보라고 만든 것일 수도 있다. 이 추론이 좀 더 합리적이지만 건설사나 관계 기관만 살 수 있는 아스팔트를 왜 굳이 제작비를

들여 대중이 보는 공중파 방송에 띄운 것인가 하는 의
문은 여전히 가시지 않는다.

어찌 되었든, 나는 광고를 보고 나니 아스팔트를 사
보고 싶은 마음이 들었다. 주문하면 택배로 올까? 포장
은 어떻게 해서 배달될까? 별점과 리뷰를 작성해서 올
리거나 언박싱 영상을 만들어 유튜브에 올릴 수도 있
을까? 생각만 해도 엄청났다. "내돈내산. 택배로 도착
한 아스팔트 언박싱."

효율의
막다른 골목

최근 나는 새로운 목욕 도구를 사용하게 됐다. 샴푸와 바디워시가 일원화되어 있는 제품이었다. 그러니까, 용액 하나로 머리도 감으면서 동시에 몸도 씻고 좀 더 확장해서 얼굴도 바디^{body}의 한 범주라고 할 수 있으니 세안까지 한꺼번에 동시 해결할 수 있는 것이다. 효율의 극치다. 이런 걸 사자성어로 줄탁동시^{啐啄同時}라고 하는 걸까.

이상할 정도로 과하게 편리한 나머지 약간의 불안감이 생긴 나는 제조회사를 확인해 보았다. 대기업 제품인 걸 확인하니 그제야 안심이 됐다. 그러나 그와 동시에 '역시 나란 인간은 불안한 자아를 자본과 권위에 의

직원휴게실 시리즈(위치감각)

탁해서 살 수밖에 없는 자본주의의 노예인 것인가!'라고 약 2초 정도 자기성찰을 끝낸 후 목욕을 마친 개운한 상태로 책상에 앉았다.

문득, 기왕 모든 걸 하나로 합치는 편리성이라면 양치까지 모두 한 용액으로 가능하면 어떨까 하는 생각이 들었다. 다시 말해, 목욕할 때 한 용액으로 머리 감고 그 거품으로 몸도 씻고 세수도 하며 치아도 닦을 수 있는 혁신적인 목욕 도구 말이다. 물론 내가 생각해낸 지금 이 의견에 미국 매사추세츠에 사는 식자층이나 국내 정보도소매업자들은 "쯧쯧. 그럴 거면, 그렇게 효율을 따져댈 거라면 말이야. 요람이랑 집과 관짝을 하나로 만들지 그러냐. 효율적으로 혹은 줄탁동시적으로 말이야. 그런데, 이것과는 별개로 줄탁동시가 무슨 뜻인지는 알고 쓰는 거지?"라며 비꼬면서 나를 비판했다. 정확하고 적확한 비판이다.

쇄락가이의 탄생

◆

쇠락이라는 단어를 쓰면서 '쇄락'인지 '쇠락'이 맞는지 맞춤법을 확인하고자 검색을 했다. 여기서 나는 두 번 놀랐는데, 먼저 쇄락의 뜻에서 놀랐다.

쇄락-[명사] 기분이나 몸이 상쾌하고 깨끗함.

그다음으로는, 검색창에 쇄락이라고 타이핑할 때 순간적으로 창에 잠깐 뜨는 자동완성 문구에 나타난 "쇄락가이"때문에 놀랐다. 쇄락가이^{guy}라니? 놀란 가슴을 다스리고 정자세로 고쳐 앉아 다시 쇄락가이라고 또박또박 검색해 봤더니 아무것도 나오지 않았다. 알고 보니 '쇄락기이灑落奇異'라는 한자성어가 자동완성으로 뜬

혼자 부르는 노래

것을 내가 쇄락가이로 잘못 읽었던 것이다. 그런데 뭔가 멋있어 보인다. '기분이나 몸이 상쾌하고 깨끗한 사내'라고 풀이할 수 있을 듯하다. 누군가 나를 '쇄락가이'로 불러주면 기분이 상당히 쇄락할 것 같다.

무제

급할수록 돌아가면,
파국이다.
돌다리도 두드리면,
무너진다.
사공이 많으면,
배가 빨리 간다.

거꾸로 부르는 노래

효과의 효꽈

속이 뻥 뚫릴 소식을 접했다. 국립국어원은 현재 사용하는 말의 의미와 용법이 다른 것들을 바로잡고 표준국어대사전 수정 내용 40건을 발표했다. 다른 무엇보다 '효과'를 드디어 '효꽈'로 발음할 수 있게 되었다!

그동안 나는 '효꽈'를 '효과'로 발음하는데 혀가 골절될 듯한 피로감과 답답함을 느꼈다. 나만 이 피로감을 느끼는 게 억울해서 누가 '효과'라는 단어를 말할 때는 속으로 '과'로 발음하느냐 '꽈'로 발음하느냐를 매의 눈으로 주시하곤 했다. 설령 상대방이 '과'라고 올바르게 발음하는 데 성공했다 하더라도, 그가 발음하며 분명 느꼈을 '혀 골절'과 '혀 답답함'을 나는 알 수 있었다.

효꽈, 효꽈, 효꽈! 아 시원해. 정말 시원하다. 속이 뻥 뚫린다. 나는 추가로 국립국어원이 수정했으면 하고 바라는 것이 있다. '되'와 '돼'를 필자의 그날 기분과 그 날의 날씨, 습도, 개인의 취향 등에 따라 취사선택해 사용할 수 있도록 바꿨으면 좋겠다.

로컬 중국집에 대한 사적인 연구

치킨과 짜장면은 한국 배달음식 문화에서 가장 일반적이며 독보적인 지위를 가진다는 면에서 공통점을 보이지만, 특이하게도 프랜차이즈화 면에선 서로 궤를 달리하고 있음을 어느 날 문득 인지하게 되었다.

예컨대, 치킨의 경우 동네 사설 치킨집들이 여전히 어느 정도 자리를 차지하고 있지만 이미 프랜차이즈 치킨 브랜드들이 메인스트림으로 자리 잡고 보편화된 반면, 짜장면의 경우 프랜차이즈화가 시도되고 있다고는 해도 그 영향력은 치킨에 비해 미미한 편이며 오히려 여전히 로컬 동네 중국집들이 주류로써 확고한 위치를 고수하고 있다.

나는 이와 같은 양상에 대하여 고찰해 보았다. 프랜차이즈의 장점인 균일한 레시피와 맛, 자본을 등에 업은 홍보력이 치킨에는 통하지만, 짜장면에는 통하지 않는 것은 왜일까?

일관된 레시피보다 해당 중국집 소속 주방장 역량에 의해 맛이 좌우되는 건 어찌 보면 업소 사장이나 소비자인 우리에게도 상당한 모험이다. 심지어 같은 중국집에서 음식을 시켜도 그날 주방장의 컨디션에 따라 짜장면 맛이 달라지기도 한다. 완곡이 있고 불안정을 감수한다는 말이다. 바로 이 지점에서 나는 한국인 개별의 선험적 메타포가 숨어 있는 것이 아닐까 생각해 본다.

나는 이 의문에 보다 근원적으로 다가가고 싶었다. 각종 문헌과 통계들을 찾아보며 매일 네 시간씩 할애하며 '연구'에 매진했다. 그렇게 1년 정도의 인생을 연소해서 얻은 결과는, '잘 모르겠음'이라는 허무한 것이었다.

그나마 부차적으로 얻은 것이 있다면, 순수하게 '연구'를 위하여 엄청나게 배달시켜 먹은 짜장면으로 인해 중국집에 주문할 때 우리 집 주소를 따로 말할 필요 없이 "개가 짖는 녹색 대문 집"이라고만 하면 카운터에서 바로 인지하는 '절차적 간소화'를 성취했을 뿐이다. 바로 이 시점에 가족과 주변 동료들의 응원을 뒤로하고 나는 '연구'를 그만두었다.

한시적 점유

시멘트 우화

근래 들어 과학영화, 과학소설, 과학만화, 과학철학 등 '과학'이 다양한 매체의 장르들과 결합해서 뻗어나가고 있다. SF 장르를 상당히 좋아하는 나는 영화와 소설을 통해 과학을 많이 접했고, 향유했다. 그런데 과학이 문학과도 결합하면서 유독 시^{Poem}와의 결합은 잘 이루어지지 않는다고 생각했다. 왜일까.

은유와 상징, 추상과 형이상학과 닿아있는 시와는 달리 과학은 논증과 논리, 구체성과 명징성에 닿아있어서일까? 또는 시의 따뜻한 감성과 모호성이 차가운 이성과 실재에 기반을 둔 과학과는 어울리지 않아서인가? 모두 동의하기 어렵다. 방금 나열한 것들은 과학이 그동안 결합해온 소설, 영화, 만화 등 모든 장르가 포함하고 있는 성질들이다. 그런데 왜 '시'만이 과학과 결합하여 하나의 SF 시 장르를 구축하지 못하는 것일까? 의문의 실마리가 풀리지 않아서 한번 직접 짧은 'SF 시'를 지어 보았다. 밥을 먹으면서 느꼈던 감각과 정서, 심상을 과학의 언어로 직조해 보았다.

〈백미〉

숟가락에 운반되어 입안으로 쏟아져 들어온

새하얀 밥알들에서 터져 나오는 탄수화물이

나의 세포 하나하나를 감수분열시켰다.

지어놓고 보니 뭔가 이유는 설명할 수 없지만, 왜 과학을 시와 결합하지 않는지 알 것 같다. 사람들이 안 하는 건 다 그럴만한 이유가 있어서 그러는가 보다.

◆　고통의 유예

중국집에서 주문한 짜장면이 오길 기다리며 누워서 TV를 보고 있던 어느 평범한 오후였다. 나는 짜장면의 도착을 알리는 초인종 소리에 즉각적인 반응을 하려고 평온하지만 약간의 긴장 상태로 대비하고 있었다.

얼마 후, 기다리던 초인종이 울렸고 나는 짜장면을 맞이하기 위해 재빨리 몸을 움직였다. 그러던 찰나, 급하게 발을 내디딜 때 엄지발톱 끝이 문지방에 걸쳐 지렛대 역할을 하면서 발톱이 통째로 들려 한 번에 뒤집어졌다. '아. 총에 맞는다면 이런 기분이겠구나….' 그러나 나는 이 미칠 것 같은 고통과 충격을 만끽할 시간이 없었다. 문밖에 배달기사를 마냥 세워 놓을 수는 없는 노릇이었기 때문이다.

나는 일단 고통을 유예했다. 파랗게 질린 얼굴로 몸을 덜덜 떨면서, 배달기사로부터 짜장면을 받고, 돈을 지불했으며, 인사까지 마무리하고 나서 현관문을 닫았다. 정신이 아득했지만, 거실을 통과해 부엌에 도착해서 짜장면을 식탁에 올려놓을 때까지 나는 또다시 고통을 유예했다. 그리 넓지 않은 집임에도 불구하고 내가 그때 느꼈던 현관문에서 식탁까지의 거리감은 실로 광활했다.

짜장면을 들고 절뚝이며 식탁에 도착할 때까지 어렸을 적 추억과 친구들, 재밌게 본 영화들이 떠올랐다. 드디어 식탁에 도착해 짜장면을 올려놓았다. 이제 저수지에 가둬둔 고통의 수문을 활짝 열어 만끽해야 할 시간이었다.

'불어버린 짜장면은 더는 짜장면이 아니다.' 내가 그

당시 불문율같이 생각하던 한 가지 명제였다. 따라서 나는 일단 불기 전에 짜장면을 다 먹어야 했고, 그때까지 마지막으로 한 번 더 고통을 유예했다.

이윽고 짜장면 한 그릇을 모두 비우고, 나는 그동안 유예한 고통을 개방했다. 나는 거실 바닥을 고통에 신음하며 뒹굴었는데, 어머니가 이 모든 상황의 기승전결을 지켜보고 계셨다.

"넌 도대체 커서 뭐가 되려고 그러냐. 아, 커서 이렇게 됐구나. 커서 이렇게 되어버렸어…." 이런 말을 내뱉으시곤 '어머니가방으로들어가셨다.'

마찰 중

컴퓨터 그래픽스
기능사 자격증

　스무 살 때 내 일상의 모든 것을 지배했던 걱정거리가 하나 있었다. 바로 '입영'이었다. 이는 지금의 20대들에게도 여전한 걱정거리일 것이다. 나는 어떻게든 합법적으로 입영을 피하고 싶었다. 신체검사 때 정신검사용으로 나온 질문지에다 일부러 사이코가 찍었을 만한 답안들에 체크하고, 그 얼마 전 자전거를 타다가 약간 삐끗한 다리뼈를 찍은 엑스레이 사진까지 보여주는 등 필사의 노력을 했다. 그러나 신체 등급은 "축하합니다! 1등급으로 현역 입영 대상자입니다!"라는 문구가 병무청 창구 모니터 화면에 출력되는 것을 끝내 막아내지 못했다.

공익으로 빠지는 건 이제 물 건너갔고, 마지막 하나 남은 산업체 요원이 있었다. 군복무 대신 그 기간만큼 나라에서 지정한 회사를 다니는 것이었다. 어쨌든 퇴근하면 집에 가서 잠을 잘 수 있으니 이보다 더 좋을 수 있겠는가. 단, 산업체 요원으로 대체 복무하려면 자격증이 있어야 했다. 주변에 물어보니 '기능사' 등급 자격증 이상을 따면 된다고 했다. 기능사 자격증엔 어떤 것이 있는지 인터넷에 검색해 보았다. '컴퓨터 그래픽스 기능사' 자격증이 시선을 빼앗았다.

순간 내 머릿속에 '그림=그래픽'이라는 1차원적인 등식이 성립되었다. 나는 그림을 그릴 줄 아니까 이참에 그래픽 관련 프로그램 능력도 습득하고 군대도 안 가는, 도랑 치고 가재 잡는 은혜를 '겟'할 수 있겠다고 생각했다. 서점에 가니 자격증 서적 코너에 바로 나를 위해 나온 듯한 책이 반겨주었다. 정확히 기억나지 않지만 "컴퓨터 그래픽스 기능사 자격증 이 책 한 권이면 OK!" 뭐, 이런 느낌의 제목이었다. 도저히 사지 않고 견딜 재간이 없었다.

그 후 나는 자격증 시험을 치를 때까지 책을 보면서
수련에 들어갔고, 어느덧 시험 날이 도래했다. 시험장은
김포에 있었다. 당시 성수동에 살고 있던 내게 김포는
엄청나게 먼 미지의 영역이었다. 시험은 세 개의 그래
픽 관련 프로그램 능력을 측정했다. 우리에게 흔히 알
려진 포토샵, 어도비 일러스트레이터 그리고 편집 프로
그램 퀵이었다. 책을 열독하며 수련한 결과 나는 세 개
의 프로그램을 어느 정도 능숙히 사용할 수 있게 되었
고, 자신감에 차 있는 상태였다. 그렇게 나는 열심히 시
험에 응했고, 결과는 예상 가능하듯 '불합격'이었다.

화끈하게 시험에 떨어지고 얼마 후 나는 입대했다.
그리고 군대에서 토 나오게 즐거운 군 생활을 마치고
전역했다. 군 생활 내내 '내가 그때 기능사 자격증 시험
만 합격했다면, 으으!' 하는 생각이 들어 안타깝고 분한
마음이었다.

걷는 드로잉

전역의 기쁨에 더해 시간이 지나면서 점차 분한 기억이 옅어질 무렵이었다. 새로운 소식을 하나 알게 되었다. 산업체 요원으로 대체 복무하려면 기능사 등급의 자격증이 아니라, 한 단계 위 등급인 '기사' 자격증을 따야 한다는 것이었다. 그러니까 나는 그 자격증 시험에 합격했어도 어차피 군대에 갈 운명이었다. 물론 이 중대한 문제에 가장 크게 한몫을 한 것은 다름 아닌 나의 패착이었다. 군대를 가느냐 마느냐 하는 중차대한 기로에서 정보를 제대로 수집하지도 않고, '카더라'에 의지해 잘못된 시험공부를 했고, 멀리 김포까지 가서 시험을 치렀으며, 결정적으로 떨어졌다.

그래도 이때 감정은 글로 표현하기 어려울 정도로 모호했다. 희로애락을 넘어선 제5의 감정이라고 해야 할까? 요즘 말로 애써 치환하자면, '이불킥'과 비슷한 감정이었다. 후폭풍으로 나는 당시 SNS에 감정 '흑역사'를 미친 듯이 배설해 냈다.

하지만 인생은 식스 센스라고 했던가. 반전은 있었다. 자격증은 따지 못하고 입영도 피하지 못했지만, 그때 습득한 그래픽 프로그램 능력이 지금 내 한 달 수입의 8할을 담당하고 있다. 그래도 그때의 감정은 억울함과 분함 그리고 허무가 중첩된 우주 비빔밥 같았다.

◆ **위인의**
하드 드라이브

　세상에는 많은 위인이 존재한다. 그들의 삶과 업적을
기록한 역사책과 평전 그리고 그들의 기록에서 출발한
소설이나 영화들이 나온다. 또한 그들이 사용하던 물
건들, 살았거나 머문 장소 모두 대중에게 전시된다. 후
세 사람들이 이와 같은 행동을 하는 이유는 위인과 같
은 시간과 공간을 공유하지 못했기에 위인이 남긴 단
서들을 유추해서 그 삶의 궤적 혹은 그 사람 자체를 복
원하려는 것이다. 어떻게 보면 현세대가 이전 세대 사
람을 동기화시키는 작업이고, 과거에 남아있는 정보를
현시대로 '카피 앤드 페이스트' 하는 것이다.

　하지만 과거에 남아있는 데이터들은 물리적 기반이

어서 시간이 흐르면서 소실되거나 애초에 위인이 자신의 행동을 데이터화하는 데 소홀했을 수 있다. 따라서 군데군데 공백이 있는 데이터를 가지고 복원시키는 과정에서 어쩔 수 없이 그 공백을 메우는 '편집' 작업이 필요하다. 아무리 편집 작업이 치밀하더라도 완벽히 그 위인을 복원해 내기는 불가능하다. 따라서 과거의 위인은 그 사람 원본 자체가 아닌 편집이 개입된, 결국 우리가 원하는 모습의 위인으로 조형되고 꽤 닮은 정도로만 복원된 재현이다.

현재 우리와 동시대를 살아가는 사람 중에서도 후세 사람들이 복원하려는 잠재적 위인들이 존재할 것이다. 재활용 쓰레기를 버리러 나갈 때 종종 마주치는 지금 내 옆집에 사는 사람도 어쩌면 위인으로서 후세 사람들에게 복원될지 모를 일이다. 당연히 그들도 우리가 남긴 데이터를 수집하고 그것을 근거로 복원 작업을 할 것이다.

먼산

이때, 이전 세대 위인들과 현시대 잠재적 위인들을 복원할 때의 핵심 재료는 역시 '데이터'다. 얼마나 풍부하고, 소실이 덜된, 공백이 적은 온전한 데이터를 확보하느냐가 관건일 것이다. 그런데 옛 위인들이 살았던 과거와 현재 우리가 사는 시대의 데이터 저장 방식은 비교할 수 없을 정도로 비약적 성장을 거듭했다.

바로 인터넷과 컴퓨터다. 특히 컴퓨터에서 모든 데이터를 저장하는 하드 드라이브는 데이터의 보고다. 생각해 보자. 우리는 거의 모두 각자 자신의 컴퓨터를 집에, 자기 방에 하나씩 가지고 있다. 그 컴퓨터에는 평소 자신이 작성한 문서부터 사진, 동영상, 선호하는 취향의 영화들, 자주 가서 북마크 해둔 사이트들, 은행 계좌 내역, 각종 청구서 등 모든 정보가 저장되어 있다.

어찌 보면 그 사람의 심연을 들여다볼 수 있는 가장 확실한 방법은, 내면을 관통하는 인문학적 통찰이 아닌 그의 컴퓨터 하드 드라이브를 뒤지면 될 일이다. 이 말은 미래인들이 우리 시대에 살았던 위인의 복원 작업을 할 때 하드 드라이브는 축복과도 같은 데이터의 금광이라 할 수 있다는 의미다. 그리고 하드 드라이브 속 내용은 모두 공개되고, 대중에게 전시 및 공유될 것이다. 그 위인이 어떤 이유에서인지 자신의 하드 드라이브에서 삭제한 데이터가 있다고 가정해 보자. 그렇다 하더라도 큰 문제 없이 미래에는 복원될 것이다. 지금도 사용하고 있는 데이터 포렌식 기술이 미래에는 더욱 정교하고 신속하게 발전할 테니 말이다.

자신의 자아를 마주하려면 거울을 보지 말고 내 컴퓨터 하드 드라이브를 확인하자. 거울은 그저 자신이 물리적 한도 안에서 가장 잘 생겨 보이는 표정을 지을 수 있는 연습 용도로만 사용하자.

본론으로 다시 돌아와서, 자신이 앞으로 위인이 될 가능성이 있다고 생각하는 사람은 미래인들에게 자신의 내면이 전면 개방될 것을 대비해 하드 드라이브를 잘 관리해야 한다. 자신의 컴퓨터에는 잘 정제된 데이터만 저장하고, 정의롭고 멋져 보이는 것들을 선별해서 저장해야 할 것이다. 만약 하드에 불법은 아니지만 정의롭지 못한 불순한 데이터가 이미 많다면, 지워도 소용없으니 가까운 공업 용품 매장에서 분쇄기를 하나 구입하는 것도 좋은 방법이다. 하드 드라이브를 곱게 빻아서 가루를 만든 후 헨젤과 그레텔처럼 주머니에 넣고 거리를 다니면서 조금씩 흩뿌리고 다니면 된다. 그리고 이 사실을 누구에게도 발설하지 말자.

자신이 잠재적 위인이 될 가능성이 없다고 생각하더라도 개인의 프라이버시 침해에 대해 매우 부정적 입장을 견지한 성향의 사람이라면, 지금부터라도 위인이 되지 않도록 최선을 다해 막 살아야 한다. 그러나 여러분은 모두 위인이 될 수 있다.

퇴근 중

◆　　　　　　　　시공간을
　　　　　　　　늦은 오후의 나른함으로 만드는
　　　　　　　　동네 피아노 학원 소리

　평소 취향상 피아노나 연주 음악에 대해 크게 감흥을 느끼지는 못하지만, 귀가하면서 버스 정류장에서부터 집으로 걸어갈 때 들려오는 혹은 집 앞 슈퍼를 갈 때 종종 들리는 동네 골목 어딘가 피아노 학원에서 울리는 소리는 다르다.

　학원 다니는 아이의 연주 실력이 미숙한지 중간중간 멈칫거리며 끊기는 피아노 소리는 그날 오후를 완벽하게 나른하게 만든다. 그 소리는 시공간 전체의 공기를 나른하게 만드는 강력한 울림이 있고, 나는 그 나른함이 싫지 않다. 연주곡명이 무엇인지는 사실 중요하지 않지만 어디서 주워들었는데 체르니 뭐라고 하는 것 같다. 사실 나는 체르니 외에는 아는 피아노곡 관련 단어가 없어서 적중률이 거의 없는 '그냥 체르니 아닐까'라는 막연한 추측을 할 뿐이지만 말이다.

그러나 언어가 어떤 사물이나 생각 등을 지시하는 데는 둘 사이를 연결하는 필연적이고 인과적인 단단한 고리는 필요하지 않다. 그 단어가 그것을 의미한다고, 사람들이 그렇게 부르기로 동의만 하면 된다. 예를 들어, 우리가 사과라고 부르는 그것을 사과라고 부르자고 합의를 했을 뿐이지 그것이 사과라고 불려야만 하는 과학적이거나 논리적 당위는 없다는 말이다. 사과를 구성하는 성분, 더 나아가 사과의 모든 구성 원소에도 사과라고 부르지 않으면 사과가 시들어 없어지거나 하늘에서 벼락이 떨어지게 하는 성분은 없다. 그냥 그렇게 부르기로 우리가 합의한 것이다.

나는 모든 '시공간을 늦은 오후의 나른함'으로 만드는 동네 피아노 학원에서 들리는 이 소리를 '체르니'라고 부르는 것에 우리 모두 합의하길 제안한다. 말도 안 되며, 실현 가능성 없는 공허한 제안으로 들릴 것이다. 하지만 내가 지금 드는 실제 사례를 들어보면 충분히 생각이 바뀔 것이다.

　우리가 요즘 흔히 쓰는 '손발이 오그라든다'라는 말이 있다. 뭔가 너무 민망해서 몸 둘 바를 모르겠다는 정도의 의미로 사용한다. 하지만 손발이 오그라든다의 어원과 의미는 우리가 아는 바와 매우 다르다. 오그라든다의 탄생 계기는 어떤 할머니가 사는 집 앞에 누군가 쓰레기를 무단 투척하고 사라지는 짓을 반복적으로 했는지, 그 행동에 분노에 찬 할머니가 대문 앞에 큰 손글씨로 써서 만든 경고문을 붙인 것에서 시작됐다. 경고문엔 "한 번만 더 대문 앞에 쓰레기를 버리고 가면 너의 손과 발을 오그라뜨릴 것이야!"라고 쓰여있었다.

　정확한 추정은 어렵지만, 문맥상 할머니가 쓴 최초의 사용목적은 범인의 손과 발을 동그랗게 말아버려서 각

관절을 모두 골절 시키겠다 정도로 짐작된다. 비슷한 동의어로 '손과 발을 분질러 놓을 것이다.'가 있다. 그런데 이 경고문을 신기하게 본 사람이 그 문구를 사진 찍어 인터넷 커뮤니티에 올리면서 사람들 사이에서 유명해졌는데, 사람들은 손발이 오그라들 때의 결과적 현상인 골절보다는 그 과정을 의미하는 동그스름하게 말리는 형태에 더 주목했다. 사람의 뇌는 이미지의 형상이 더욱 강하게 기억에 각인되는 측면이 있다. 커뮤니티 사람들은 오그라든다라는 표현을 손발이 동그랗게 말리는 현상으로 인식하기에 이르렀다. 이후 이 표현은, 민망하면 몸이 꽈배기처럼 배배 꼬이는 형태의 유사점과 결합하여 지금 우리가 쓰는 민망한 감정의 의미가 된 것이다!

  그렇게 오그라든다는 점점 퍼져 커뮤니티 바깥의 사람들도 사용하면서 암묵적이고 사회적인 합의가 형성되었고, 오늘날 우리가 사용하는 뜻의 '손발이 오그라든다'가 되었다. 세상에 고정불변한 원래의 의미, 고유

한 의미의 단어란 없다. 수정과 변형 또는 추가에 공동체의 합의만 있으면 가능하다.

어떤가. 내가 제안한 '체르니'의 새로운 의미에 당신은 합의할 의사가 있는가? 당신의 합의가 세상을 바꿀 수 있다.

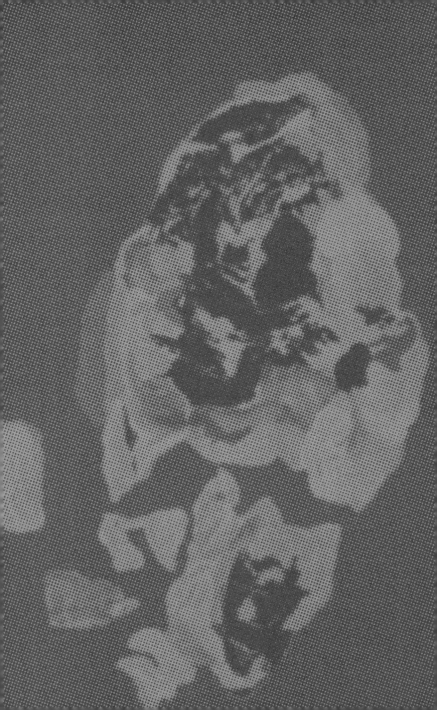

네오탁구

사단법인
전국눈못맞추는사람연합회

　어렸을 때부터 뭐가 엉켜버렸는지 나는 사람을 볼 때 눈을 마주치면 뭔가 짠한 분위기가 형성되어버릴 것이라는, 말도 안 되는 이상한 강박이 생겨버렸다. 그래서 나는 대화할 때 사람 눈을 잘 보지 못하고 피한다. 길에서 보호자와 함께 지나가는 강아지와 마주쳤다. 강아지는 나를 볼 때 내 눈을 바라봤지만, 나는 습관처럼 눈을 피했다.

　사실 반드시 상대와 눈을 맞춰야 할 당위성은 없다. 우린 물체를 마주칠 때 제일 먼저 바라볼 지점 같은 걸 정하지 않는다. 사람도 어찌 보면 마찬가지로 물체인데 말이다. 그냥 인간끼리의 임의적 규약인 줄 알았는데, 강아지도 눈을 마주 보는 것을 보니 누군가를 상대하려면 눈을 맞추는 것이 '우주 국룰' 같아 보였다.

고치려고 노력했지만 실패했다. 계속 실패하다 보니 뭔가 분노가 차올랐다. 세상엔 나 말고도 타인과 눈을 잘 맞추지 못하는 사람들이 많을 것이다. 그런 사람들끼리 연대해서 '사단법인 전국눈못맞추는사람연합회'를 창설하고 싶었다. 또한 회원들에게 '눈 못 맞추는 사람을 위한 특수 슈트'를 개발해서 단체복으로 입히고 싶었다. 슈트의 원리는 이것을 입은 사람에게 다가오는 광선을 분리해 주는 프리즘 방식을 채택할 것이다. 이 슈트를 입은 사람과 눈을 맞추면 상대방의 양쪽 시선이 좌우로 갈라지면서 '사시'가 되는 단순하고도 획기적인 시스템이다.

초합금 아침조회

초합금 관리부

초합금공단 쉬는 시간

인간에게 겉멋을 빼는 것은
거푸집 없이 건물을 짓는 것과 같다

우리는 '겉멋'에 대해 지양해야 한다. 누군가에 대해 "쟤 요즘 왜 저래? 겉멋이 너무 들었어. 보는 내가 다 민망한 정도야. 절레절레."라며 부정적인 인상 평가를 할 때 이 단어를 핵심 용어로 사용한다.

겉멋 든 정도가 심화하면 '중2병', '자의식과잉' 등으로 확장하여 조롱하기도 한다. 그런데 나는 겉멋이 이와 같은 취급을 받는 것에 동의하기 어렵다. 사회는 튀김 요리에서 기름기를 쫙 빼 버리듯 우리 모두에게 겉멋을 깨끗이 쥐어 짜내 건조하고 밋밋한 인간이 되기를 요구한다. 그러한 요구를 받는 우리는 일말의 반발은커녕 오히려 겉멋 없이 담백한 인간을 모범답안처럼

맨션2

여기고, 또 그리되기를 선망한다. 때론 그렇지 못한 자신을 자책하며 수치스러워하고 반성하기까지 한다.

그런데 내가 볼 때 이는 겉멋이 없는 겉멋을 추구하는 또 다른 겉멋일뿐이다. 게다가 이 겉멋은 내가 원한다기보다는 사회가, 기성세대가 원하는 겉멋을 내가 원하는 겉멋으로 착각하는 경우다. 기성세대가 무색무취의 인간을 선호하는 이유는 그들이 사용자 입장이어서다. 자신의 도구가 잘 정렬되어 있고 제각각 따로 놀게 두지 않아야 한다. 그래야 사용할 때 불편함이 없고 제어와 통제가 쉽다.

내가 원하는 게 아니라 그들이 원하는 것이 되기를 내가 원한다고나 할까. 다시 본본으로 돌아와서, 이 두 겉멋은 다른 듯하지만 데칼코마니처럼 서로 공통점이 있다. 겉멋 없는 겉멋과 이른바 '중2병' 같은 겉멋 모두, 건물을 지을 때나 어떤 조형물을 만들 때 사용하는 거푸집과 같다. 거푸집은 내가 만들 조형물의 최종 형태에 대한 모든 정보를 가지고 있다. 그 틀에다가 마르면 단단하게 굳는 형질의 물질을 붓고 건조하여 거푸집을 떼어내면 완성이다. 그러면 내가 만들고 싶은 조형물이 그대로 완성된다. 인간도 겉멋이라는 거푸집에 내실을 쌓거나 부어서 최종 형태를 만든다.

문제는, 그 거푸집에 저장된 최종 형태가 진정 내가 만들고 싶은 이상향의 모습이냐 하는 것이다. 물론 사회가 요구하는 거푸집과 내가 원하는 거푸집 사이엔 그저 선택의 문제만이 존재할 수 있다. 그러나 이는 둘 중 어떤 것이 더 이롭고 더 해롭다고 하는 차등을 쉽게 둘 수 없는 복잡한 문제다. 왜냐하면 각자 일장일단이 있기 때문이다.

사회가 요구하는 무색무취 겉멋의 단점은 앞에서 이미 서술했으니 이번에는 장점을 말해 보겠다. '무색인 無色人'은 이미 오랜 역사 동안 이렇게 구축된 사회에서 생존에 매우 용이하다. 서로 사용하고 사용 당하는 입

메멘토

장에서는 자신을 사용할 사용자 층의 구미에 맞는 것이 생존에 훨씬 유리할 것이니 말이다. 또한 색이 없는 사람이 색이 다른 사람들보다 섞이기 더욱 쉽다. 물론 색이 강한 사람들은 무색의 인간에게 거리를 둘 때도 있지만, 완전히 다른 색의 사람에 비해서 무색인이 배척당할 확률이 더 낮다.

이어서 '내가 원하는 겉멋'의 단점도 살펴보자. 무색인보다는 좀 더 주체적이고 거푸집의 모델을 자신이 선택할 권한을 가지는 자유가 있다. 하지만 자유에는 언제나 불안정함과 위험이 뒤따른다. 가령, 거푸집의 크기는 거창하고 거대한 63빌딩으로 세워 놨는데 채워 넣은 내실이 모래로 지은 두꺼비집 정도의 분량일 때를 생각해 보자. 그 광활한 갭은 도대체 무엇으로 채울 것인가. 그 갭은 가리려고 해도 가려지지 않을 것이다. 그리고 그 갭의 크기와 비례하여 흑역사로 돌아올 것이다. 물론 적당한 흑역사는 개인의 성장과 정신의 안녕에 도움을 준다. 겉멋이 든 후 거기에 내실을 채운다.

내실이 모자라면 남은 공간만큼 흑역사로 인식한다. 흑역사를 지우기 위해 다시 내실을 채운다. 이것이 성장의 기본 공식이고, 이론적으론 '1일 1 흑역사'로 단련하면 진정한 현자가 되는 것도 불가능한 일은 아니다.

겉멋은 도망자요, 내실은 추격자의 구도에서 갭이 너무 비대해지면 결국 추격에 실패해서 도망자를 놓치게 된다. 그러면 회복 불가능한 흑역사가 발생할 것이고 최악의 시나리오는 은둔자가 되거나 자신만의 판타지를 만들고 들어가 문을 걸어 잠근 후 그 안에서 무한 정신승리를 하게 될 수 있다.

인간에게 겉멋을 빼는 것은 거푸집 없이 건물을 짓는 것과 같다. 또한 인간에게 겉멋을 빼는 것은 볶지 않은 볶음밥, 밥 없는 볶음밥, 안 튀긴 오징어튀김, 튀기지 않은 프라이트치킨과 다름없다. 여기 예시로 든 메뉴들은 이 글의 주장과는 별개로 실제 한번 도전해 보고 싶은 레시피다.

흑역사 횟수와 인지 성장의
정비례론

　얼마 전 지인이 자신은 왜 이렇게 흑역사를 많이 만들어내는지 모르겠다며 다소 자조적인 고민을 내게 토로했다. 사실 이는 내게 조언을 구하려고 꺼낸 말이라기보다는 푸념 섞인 독백에 가까웠지만, 나는 이때다 싶어 최대한 현자 같은 표정을 지으며 조언을 시전했다.

　"흑역사를 인식한다는 것은 네가 그만큼 성장했다는 방증이야. 만약 네가 성장하지 않았다면 넌 그것들을 흑역사로 인식하지도 못했을 거야. 하하, 녀석. 우물 밖으로 나온 것을 환영해."라고 나지막이 말하곤, 마무리 기술로 씩 웃으며 상대의 눈을 지긋이 바라보는 것으로 조언을 마무리했다.

가만히 듣던 지인은 내가 예상했던 감동, 깨우침, 위로, 위안과는 아주 거리가 먼 표정을 보였다. 글로 그가 내게 지은 표정을 정확히 묘사하기는 어렵지만, 눈을 찌푸려서 실눈을 만든 후 입은 오자 모양을 했는데 대충 '씨알도 안 먹힌다' 정도로 해석할 수 있었다. 그리곤 "갑자기 집에 가서 아무것도 안 할 일이 생겨서"라는 형용모순적인 사유를 대고는 황급히 자리를 떠났다. 혼자 남은 나는 가만히 앉아서 내가 주창하던 '흑역사 횟수와 인지 성장의 정비례론'에 대해 어떤 오류가 있는지 고찰하기 시작했다.

답은 비례 상수에 '나'라는 인물을 대입시키자 바로 나왔다. 내가 그동안 생성해놓은 흑역사의 횟수는 거의 '1일 1 흑역사'에 가까울 정도로 압도적인데, 이 정비례 공식을 대입하면 나는 흑역사를 발판으로 거듭 성장하여 현자와 성자를 뛰어넘고 해탈을 했어야 옳다. 내가 아무리 자의식과잉이라고 해도 나는 현자가 아니다. 좀 더 객관적으로 보자면 나는 현자와 거리가 멀다. 그렇다면 내가 만든 공식과 이론은 오류이고, 참이 아니다.

역시 문제는 외부가 아닌 내부에 있다고 읊조리며, 나의 흑역사 횟수와 인지 성장의 정비례론은 폐기하기에 이르렀다. 공식으로 풀이하자면 "a가 흑역사, b가 인지 성장, c가 비례 상수 '나'라고 할 때 ac:bc는 참이 아니다"가 도출된다. 한마디로, 흑역사는 흑역사일 뿐 성장과는 관계없다. 납득하기 싫다.

밝은 내일

식용유 없이 만드는
달걀 프라이

　최근에 나 자신이 대견스러울 정도로 엄청난 사실을 발견해냈다. 달걀 프라이를 할 때 식용유는 필요 없다는 사실이다. 놀랍지 않은가? 우리는 살면서 달걀 프라이를 완성하려면 프라이팬, 달걀, 식용유 이 세 가지가 필수조건이라고 당연하게 생각하며 살아왔다.

　나는 '그 당연한 것이 진정 당연한 것인가?'라는 의구심에서 출발해 결국 달걀 프라이는 식용유 없이도 잘 된다는 사실을 발견해낸 것이다. 약불로 프라이팬을 달군 후 달걀을 깨서 팬에 넣고 프라이팬 뚜껑을 닫은 후(뚜껑을 닫는 것이 중요!) 달걀이 익을 때까지 기다리면 끝이다.

우리는 그동안 프라이할 때 기름을 안 두르면 팬 바닥에 달걀이 달라붙을 거라는 막연한 공포에 선동되어 어쩔 수 없이 식용유를 둘러왔다. 나는 용기 있는 첫걸음으로 이것이 옳지 않음을 증명해냈다. 달걀이 팬 바닥에 달라붙지 않고 깨끗하게 프라이팬에서 떨어져 나와 온전한 형태를 유지한 채로 접시에 안착하는 것을 확인했던 것이다.

지금 당장 기름 없이 프라이를 해보길 권한다. 완벽히 잘 된다. 내가 보장한다. 기름 없이 달걀 프라이가 완성된다는 이 사실이 지금껏 은폐되었던 내막은 어둠의 거대 식용유 기득권층과 결탁한 악의 무리가 벌인 소행이라는, 짭짤한 수익이 예상되는 음모론을 제기할 수도 있지만 나는 유튜버는 아니므로 그럴 생각은 없다.

우리는 그동안 맛있고 완전식품에 가깝다는 달걀을 기름에 튀긴 프라이가 건강을 해치며 체중을 늘릴까 봐 포기하는 대신, 먹었을 때 목구멍이 턱 막히는 삶은 상태로만 달걀을 소비해왔다. 이제 그런 걱정에서 해방될 수 있다. 내가 얻은 지식의 공유가 세상을 퍽퍽한 삶은 달걀로부터 해방시켰다. 이제 우리는 맛있는 달걀 프라이를 지쳐 쓰러질 때까지 먹다 잠들 수 있는 자유를 얻게 되었다.

일종의
자기 위로

'장인(고수)은 장비를 탓하지 않는다'라는 말이 있다. 사실 이는 틀린 말이다. 장인은 장비를 탓한다. 그 이유는 1마이크로 밀리미터 혹은 1픽셀의 차이, 1자음과 모음 등의 차이로 인해 고수의 세계에서는 희비가 엇갈리고 명운이 나뉘며 생사가 갈리기 때문이다. 이와 같은 미세한 차이, 즉 앵프라맹스^{Inframince}로 승패가 좌우되는 고수에겐 자신을 보조하는 기구는 너무나도 중요한 변수다.

따라서 장비를 탓하지 않는 것은 아마추어가 하는 자기 위로의 일종으로 볼 수 있다. 내가 이와 같은 주장을 하는 이유는 다음과 같다. 우리는 절대로 좋은 장비를 구입하거나 쓰지 말아야 한다. 왜냐하면 그렇게 해야 지속적으로 장비를 탓하면서, 아마추어에서 벗어난 장인(고수)의 기분도 만끽할 수 있기 때문이다. 약간의 단점으로는 오늘의 안정은 도모할 수 있되 내일의 안녕은 기대할 수 없다는 것이다.

예시

"내가 친구가 없는 것은 휴대폰이 구리기 때문이다!"

버스드라이버 1

자비가 없는 세상

　최근 나는 코로나 시국으로 인한 외출 자제와 '존버' 상황에서 정서 함양 및 자존감 고취를 도모코자 읽을 책 하나를 구입했다. 평소 나는 수학에 관심은 많으나 기초가 많이 부족하다며 고민하던 차, 그 와중에 "초등학생도 풀 수 있는" 류의 수학 입문서 신간을 발견하곤 즉시 구매했다.

　'어려워서 못 읽겠다.' 책을 읽으며 느낀 점이었다. 기초를 위해 읽는 초등수학인데 그것을 읽으려면 다시 그 저변의 기초가 필요했다. "유치원생도 풀 수 있는" 류의 책을 다시 구매해서 읽어야 하나 고민하던 중 만약 그마저 어렵다면, 더 내려가 "태교 수학" 류의 책을 구매해야 할 판이라는 생각까지 미치자, 나는 생각하기를 그만두었다.

여담으로, 이 이야기를 지인에게 하자 온라인 서점을 검색해서 실제로 "태교 수학" 류의 책이 존재한다는 사실을 내게 알려줬다. 역시 세상은 자비가 없다.

버스드라이버 2

버스드라이버 3

버스드라이버 4

　오랫동안 무협 마니아들 사이에서 암묵적으로 언급이 금기시되던 한 가지가 있다. 바로 검술이 극에 달한 경지, 이른바 최종 불가역적의 '검술 극의極意'가 바로 그것이다. 이것이 마니아들 사이에서 금기시된 이유는 이 '검술 극의'가 세상에 알려진다면 검술을 소재로 하는 모든 문학 장르, 영화, 만화 등 매체 전방위적 영역에 설정붕괴를 가지고 올 수 있어서다.

　나는 오늘 이 금기를 깨려고 한다. 물론 각오에 앞서 많은 고민과 두려움이 있었다. 장르 전체의 설정붕괴를 초래하는 위험성과 더불어 너무도 급진적인 까닭에, 기존 무협 마니아들이 퍼붓는 엄청난 비판과 비난을 감수해야 하니 말이다. 그럼에도 불구하고 나는 '검술 극의'의 핵심 이론이 세상에 알려져 현대사회에 적용되어야 한다고 생각한다. 우리가 사는 현실 세계가 한 단계 더 성장할 수 있는 그리고 사람들을 널리 이롭게 spirit of hongik 할 수 있는 추동력이 될 수 있다고 판단했기 때문이다.

책임감의 무게로 인해 서론이 다소 길어졌으나, 바로 본론으로 들어가겠다. '검술 극의'를 한마디로 요약하자면 '검으로 베는 속도가 빛보다 빠르다'이다. 분명히 이 이야기를 들은 대다수는 "응? 겨우 그거야? 너무 진부한데?"라고 생각할 것이다. 하지만 이는 하나도, 둘도 모르는 소리다. 그냥 빠른 게 아니라 빛의 속도보다 수억 배 빠르다는 것이다.

만약 그 속도로 어떤 사물을 베면 어떻게 될까? 칼에 베인 절단면을 양자역학의 기본 상수 중 하나인 플랑크 상수 = 6.626 070 040(81) x 10^{-34} J s의 영역으로 확대해 보면 칼에 베인 절단면의 원자와 전자들이 자신이 베인 것을 인지하지 못한 상태로 그대로 있음을 알 수 있다. 한마디로 원자가 너무 빨리 베여서 자신이 쪼개졌는지 모른다는 것이다.

이 같은 초극한 미시세계의 입자와 파동이 자신이 절단됐다는 사실을 인지하지 못하면, 결국 그 사물은 절단되지 않은 것이 된다. 바꿔 말해, '검술 극의'는 검으로 그 어떤 것도 벨 수 없는 경지를 말한다. 무엇이든 벨 수 있는 경지를 초월한 상위 단계인, 그 무엇도 벨 수 없는 단계가 '검술 극의'라는 경의로운 경지라는 것이다!

자, 여기서부터 상당히 중요하므로 잘 생각하면서 읽어 보길 바란다. 총 네 개의 비교 대상 군이 있다. 그리고 각 대상 군에는 각각 검술의 숙련도에 비례한 함수 값인 절단 능력을 수치화하여 나열했다. 다음 장을 살펴보자.

a. 비검술인(일반인) ——————— 절단력=0.5

b. 검객 ——————— 절단력=5

c. 검의 달인(무사시) ——————— 절단력=9.9

d. 검술 극의 경지 ——————— 절단력=0

어떠한가! 앞의 도식을 보니 바로 감이 잡히지 않나. 여기서 우린 '코페르니쿠스의 전회轉回 + 콜럼버스의 달걀 + 패러다임의 변혁'적으로 발상의 전환을 해볼 필요가 있다. 자, 절단력 9.9 검술의 달인인 무사시가 '검술 극의'의 경지에 오르려면 절단력이 0이 되어야 하기에 무려 9.9의 값을 변동시키는 노력을 투자해야 한다. 그런데 비검술인(일반인)은 어떤가. 고작 0.5의 값만 더 못하면 '검술 극의'의 경지에 바로 올라갈 수 있다! 더 잘하는 것은 어려워도, 더 못하는 것은 쉽다고 했다.

이것을 우리네 현실 세계에 적용해 보자. 예를 들어, 평소 그림을 잘 그리고 싶은 A군이 있다고 해보자. 그는 잘 그리고 싶은 욕구는 크나 실력이 모자랐고, 주변

버스드라이버 5

이 넘사벽의 금손들이 득실거리는 정글이라 수심이 깊은 상태다. 하지만 이때 '검술 극의' 이론을 A군이 깨닫고 적용하면 상황은 순식간에 역전된다. 넘사벽 금손들보다 A군이 오히려 '극의 경지'에 훨씬 가까운 수준이 되어버리는 것이다. 이것이 내가 파국적 위험을 감수하고서 금기가 돼버린 '검술 극의'를 봉인 해제한 이유다.

　물론 반론과 비판은 있다. 매사추세츠공과대학의 식자층이나 국내 정보도소매업자들은 어설픈 형식논리학에 기댄 궤변이라며 일침 했으며, 혹자는 뭔 정신승리 방법을 이렇게 장황하게 써놨냐며 하릴없으면 빨리 집에 가서 아무것도 하지 말라는 등의 비판을 거세게 퍼부어댔다. 그렇다, 정확한 비판이다.

절박한 사람들

기염을 토하다

뉴스나 스포츠 중계에서 "○○○이 이번 16강전에서 기염을 토하다!"라는 문구를 종종 본다. 보통 어떤 인물이 중요한 순간에 자신의 능력을 200퍼센트 끌어올려 활약할 때 주로 쓰이므로 정확한 뜻은 몰랐지만, 어떤 의미로 사용하는지 맥락상 어렴풋이는 알고 있었다. 그런데 문득 이 '기염氣焰'이 무엇인지 궁금해졌다. 기염이 무엇인지는 모르겠는데 뒤에 항상 '토했다'가 따라붙는 것을 보면 사람 입에서 나오는 어떤 물질일 가능성이 농후해 보였다.

우리가 중요하고 극적인 순간에 입으로 토해내는 물질이 과연 무엇일까. 액체임은 확실한 것 같으나 침이

나 구토는 아닐 것이다. 이 두 단어를 기염이 들어갈 자리에 대신해서 넣어보면 문장이 얼마나 어이 없어지는지 바로 알 것이다. 게다가 이는 결정적이고 극적인 활약을 하는 인물에게 절대 써서는 안 되는 표현이다. 그렇다면, 사람 입에서 나오는 물질이고 액체인데 침과 구토가 아니면 도대체 무엇이란 말인가. 매우 궁금하고 답이 무엇일지 흥미롭게 기대가 되었다. 사전을 검색하니 간단하게 바로 답이 나왔다.

기체의 '기'와 불의 '염'이었다. 그러니까 액체가 아닌 기체였고, 종합하자면 입에서 불을 뿜어낸다는 의미였다. 답은 알게 되었지만 뭔가 맥이 풀리는 기분이다. 진부한 느낌이었고 흥미로움도 사라졌다. 검색이 로딩되는 0.1초도 안 되는 그 짧은 순간에 나는 기염이 액체이길 바랐다. 그리고 우리가 접해보지 못한 새롭고 신비한 물질이길 기대했다. 뜻을 알고 나니 모를 때가 더 흥미롭고 신비로운 기염이었다.

첨단 usb2.0

데카르트와
빅뱅 어택

　모르는 사람이 없을 정도로 너무도 많이 쓰여서 어릴 적 불량식품 포장지에도 인쇄되어 있을 만큼 흔하게 되어버린 데카르트의 명제가 있다. '나는 생각한다. 고로 존재한다.' 시대가 지나면서 그의 말에 대하여 의미 있는 반론들도 생겨났고, 옳다 그르다를 떠나 역사적 의미를 가지는 것으로 가치가 옮겨지기도 했다.

　하지만 그가 살았을 아주아주 옛날에는 이것이 정말 어려운 질문에 대한 매우 혁신적인 대답이었다. 게다가 그 질문에 대한 답은 현대에 이른 지금에도 인간들이 명확한 답을 내놓지 못한 상태다. 그 어려운 질문이 무엇이냐 하면 이것이다. "지금 네가 매트릭스 같은 가상의 세계에서 살고 있는 가상의 존재가 아닌 리얼 월드에 사는 정통, 오리지널, 진짜, 리얼한 존재냐? 만약 그렇다고 한다면 확실한 근거를 대라. 네 존재를 증명해 봐라!"

데카르트가 살았던 아주아주 옛날에는 (사실 지금도 크게 다르진 않다) 사람들이 주로 이에 대한 근거를 과학과 이성보다는 신과 종교에 두었다. 신이 나의 존재에 대한 증거라고 말이다. 이 답에서 벗어나 다른 답을 제시하고 싶은 사람들이 이런저런 답과 그에 대한 근거들을 내놓았지만, 무한 '왜왜왜' 공격에 속절없이 무너졌다. 당해본 사람들은 잘 알 것이다. 이 공격이 얼마나 강력하고 무자비한지 말이다. 일종의 '가불기'(가드 불가 기술)다. 예를 들어보자.

나는 밥을 먹었어
—왜?
배고프니까

— 왜?

인간은 밥을 먹어야 하니까

— 왜?

인간은 생물이고 밥을 먹지 않으면 죽으니까

— 왜?

에너지가 없으면 움직임이 멈추니까

— 왜?

여기서 '왜'를 몇 번만 더 던지면 답변자는 근거의 근거를 계속 설명해야 하므로 우주 탄생의 시작점인 빅뱅까지 거슬러 올라가 설명해야 한다. 게다가 빅뱅이론조차도 과학적으로 완전히 밝혀진 사실이 아닌 유력한 설 가운데 하나일 뿐이다. 따라서 더는 뒤로 갈 수 없는 최종 후퇴 지점이라고 하기에도 어쩐지 불완전하다.

그리고 질문자가 거기서도 '왜'를 멈추지 않고 또 던지면 답변자는 '진실은 저 너머에…'라고 밖에는 다른 할 말이 없어지거나 답변자와 질문자가 이쯤에서 대화를 접고 물리적인 타격을 서로 주고받는, 피와 살이 터지는 관계로 발전할 수밖에 없다. 예시에 있는 '나는 밥을 먹었어'의 자리에 그 어떤 명제를 가져다 놓아도 이와 같은 공격에는 모든 것이 빅뱅 시절로 귀결되어 무력화되기에 '왜왜왜' 공격을 나는 '빅뱅 어택'이라고도 부른다. 어찌 보면 치트키 같은 얍삽한 전술이기도 하다. 따라서 오늘날에는 토론이나 논쟁을 할 때 이러한 빅뱅 어택의 사용을 암묵적으로 금기시하고 있다. 심지어 각종 혈투가 성행하고 서로 헐뜯고 뒤엉켜 난타하는 진흙탕 전쟁터 같은 온라인 세상 속 키보드 워리어들 사이에서도 빅뱅 어택만은 시전하지 않는다.

상호 지켜야 할 최소한의 암묵적 룰이라고 할 수 있다. 어찌 되었든, 데카르트도 이런 빅뱅 어택의 사정거리 안에 들어와 있었다. 그는 근거의 최후 후퇴 지점으로 빅뱅까지 거슬러 올라가는 늪에 빠지는 대신 혁신적인 대답을 내놓았다. 후퇴를 인간의 이성에서 멈추었던 것이다. 생각하는 인간이라는 함은, 항상 당연한 것에 의심하고 눈에 보이지 않는 것에 대해 고민하고 답을 찾으려는 걸 뜻한다. 그는 이를 가상이 아닌 리얼한 존재로서의 증거로 내놓았다. 즉, '이거 혹시 가상세계가 아닐까? 현실 맞아? 혹시 꿈 아냐?'라고 의심하고 질문하는 이성이 곧 나의 존재에 대한 증거라는 것이다. 그의 말이 맞든 틀리든 간에 그 시대 사람들의 인식에 큰 균열과 변화를 불러오는 데 공을 세웠다는 사실에는 동의하지만, 그의 주장이 참이라는 것에는 동의하기 어렵다.

후대 학자들은 인간이 생각한다는 것은 존재의 행동 방식일 뿐이지 그 자체가 리얼 존재의 증거가 될 순 없다고 반박했다. 가위가 종이를 자른다고 해서 가위의 존재 자체가 규명되는 것은 아니라는 의미다. 하지만 나는 거창하게 어려운 현학적인 근엄·진지 반박을 빌려올 필요 없이 쉽게 반론할 수 있다. 데카르트의 말처럼 생각하는 인간이 리얼 존재의 증거가 맞는다고 하자. 그렇다면 지금 당장 뉴스만 틀면 쏟아져 나오는 존재하지 않아야 할 '생각 없는' 사람들은 어찌 설명할 것인가! 심지어 나도 생각 없이 행동했던 적이 많았고, 오늘 하루만을 놓고 봤을 때도 생각이 있었던 시간보다는 생각 없던 시간이 더 길었다. 그렇다면 오늘 나의 존재는 형광등같이 꺼졌다 켜졌다를 반복해야 한다. 어떨 땐 존재하고 어떨 땐 존재하지 않는, 마치 슈뢰딩거의 고양이처럼 말이다. 그런데 쓰고 나니 그의 말이 맞는 것 같긴 하다. 기분 탓일 뿐이니 그냥 넘어가자.

다시 본론으로 돌아가자. 데카르트의 말이 맞다면 수련을 통해 무념무상의 경지에 오른 무림 고수들은 어떻게 설명할 것인가? 무림 고수들이란 존재하지 않는 것인가? 무림 고수 자체가 허구와 가상의 존재들이니 승려들로 정정하겠다. 그들이 고된 고행을 통해 이르고자 하는 경지는 무엇인가? 생각을 모두 비워 세상의 인과와 윤회의 고리를 끊는 무의 존재가 되는 것이다.

어쩐지 글을 쓸수록 데카르트가 맞는 것 같기도 하

다. 반박을 쓰려다가 동의하는 글이 되어가는 것 같아 마음이 편치 않다. 하지만 굽히지 않고 나를 불태워 승부수를 던져보겠다. 지금 이 글은 내가 생각 없이 막 지르는 글이기에 그의 말대로라면 존재해선 안 되지만, 존재하고 있다. 왜냐하면 당신이 지금 이 글을 읽고 있으므로 내 글의 존재가 당신의 읽기라는 행위로 인해 증명되고 있는 것이다. 따라서 생각이 없는데도 불구하고 존재할 수 있다는 것이 증명되는 셈이다.

그런데 만약 이 책을 아무도 사지 않아서 보는 이가 한 명도 없다면 증인이 없으므로 나의 리얼 월드가 흔들리게 된다. 따라서 이 책의 판매가 곧 생각 없는 나의 존재를 증명하는 것으로 이어진다. 그리고 내 책의 판매가 마침내 데카르트를 반박할 수 있는 근거가 되는 것이다. 나도 차라리 그냥 빅뱅 어택을 시전할 것을 괜히 승부수를 던진 것 같다. 점점 궁색해지는 기분이다.

산장여관 파사드

편의점 파라솔 유유자적 한량 스타일의 선비 코스프레 프로젝트

무슨 바람이 불었는지 바둑을 두고 싶었다. 사실 어떤 바람이 내게 바둑판과 바둑알 그리고 《이창호의 바둑교실 입문》 책을 구입하게 연쇄 반응을 일으킨 것인지 나는 잘 알고 있었다. <미생>이라는 만화와 드라마를 너무 재미있게 보았고, 뉴스에도 보도되면서 한창 큰 이슈였던 이세돌과 알파고의 바둑 대전이 내게 분 바람의 발생지였다. 바둑을 전혀 둘 줄 모르는 나였지만 배우기는 쉽지 않아 보여도 민약 둘 줄만 알면 상당히 재미있겠다고 늘 생각해 왔던 차에 이번 바람을 계기로 실행에 옮기게 된 것이다.

한 가지 더 소박한 바람도 있었는데, 당시 나는 친구

를 만나면 하는 일이라곤 편의점 앞 파라솔에 딸린 의자에 앉아서 구색 맞추기로 음료수 하나만 사놓곤 서너 시간 줄곧 잡담만 해대는 게 전부였다. 그러나 바둑을 둘 줄 안다면 편의점 파라솔에서 음료를 마시면서 시끄러운 잡담을 하는 대신 서로 바둑을 한 수 두 수 주고받으며 풍류를 향유하는 일종의 '선비 코스프레'의 로망을 실현시킬 수 있을 것이었다. 구입한 《이창호의 바둑교실 입문》을 열독하고 책의 설명을 따라서 바둑판에 하나씩 돌을 올리면서 바둑 기초를 익히는 데 성공했다. 아직 기초의 기초를 조금 익힌 것에 불과했지만, 과연 명불허전이었다. 이토록 깊고 심오하다니!

빨리 친구들을 '편의점 파라솔 유유자적 한량 스타일의 선비 코스프레 프로젝트'에 동참시키고 싶었다. 사실 바둑 자체보다는 이 열망이 살짝 더 크긴 했다. 여기에는 한 가지 난관이 있었는데, 그들도 나처럼 바둑에 대해 문외한이라는 사실이었다. 같이 두려면 먼저 바둑에 입문시키는 작업이 필요했고, 그러려면 그들을 설득할 엄청난 스킬이 필요했다. 인생은 계획대로 돌아가지 않아야 제맛이라고 했던가. 갖은 설득 작업은 하는 족족 실패로 끝났고, 그나마 성취한 것이라곤 기껏 산 바둑판으로 오목 몇 판 두면서 서로 꼼수 부린다고 티격태격하다 판을 엎어 버린 게 다였다. 일 보 전진만 보 후퇴였다. 친구들은 누구도 바둑을 배울 생각을 하지 않았다.

같이 둘 사람이 없다 해도 바둑을 두고 싶은 내 욕구는 줄지 않았다. 가로줄과 세로줄이 수없이 교차하면서 만드는 사각형의 작은 세계가 모여있는 바둑판. 고민을 거듭하다 장고 끝에 떨리는 마음으로 결심을 굳히고 차갑게 윤기가 흐르는 작은 바둑알을 쥔 손가락으로 광활한 바둑판의 어느 지점을 기리키며 내리꽂을 때 공간을 울리는 청아한 낙석음! 이 맛을 즐기고 싶었다. 이것이 내가 온라인 바둑을 두면 혼자서도 컴 깨기를 하거나 다른 유저와 대국할 수 있음에도 오프라인 바둑을 포기할 수 없는 이유였다.

산장여관 1

바둑은 둬야겠으나 아쉽지만 어쩔 수 없이 혼자 둬야 하는 상황이므로 나는 궁여지책으로 1인 2역을 하기로 했다. 한 수 둘 때마다 자리를 바꿔 앉으며 상대편 역까지 스스로 두는 방식을 채택했다. 대국을 시작하기 전에 나와 내가 대결을 해야 하기에 먼저 자아 분열을 했다. 그렇게 1인 2역으로 바둑을 시작했고, 대국을 진행했다. 처음엔 팽팽한 승부였지만 점점 한쪽으로 기울기 시작했다. 승부가 '둘 중의 나' 가운데 한쪽으로 기울수록 뭔가 이상한 기분이 나를 감싸기 시작했다. 그러다가 그 이상한 기분이 정점에 달하는 순간 나는 정지된 듯 모든 행동을 멈췄다.

나는 이상한 기분의 정체가 무엇인지 알아차려 버렸다. 그것은 바로 내가 편향적이라는 사실이있다. 혼사 바둑을 두고 있는데 편향이라니? 언뜻 말이 안 되어 보일 것이다. 나는 속으로 둘 중의 '나' 가운데 한쪽을 응원하고 있었다! 그래서 '응원 당하는 김시훈 A'가 될 때는 전력을 다해 수를 두었고, 상대편 자리로 바꿔앉아

'응원 안 당하는 김시훈 B'로 둘 때는 의도적으로 힘을 뺐고 살짝살짝 눈에 보이지 않게 어리석은 수를 두고 있었던 것이다.

아니 도대체 왜? 둘 다 나인데, 둘 중의 하나에게 편파적인 스스로가 당혹스러웠다. 또한 편파를 한다면 둘 다 나인데, 도대체 무슨 기준으로 분류를 해서 우리 편 김시훈 A, 상대편 김시훈 B로 나눠서 편을 갈랐단 말인가? 또 한편으론 나에게 실망스럽기도 했다. 충돌하는 모든 쟁점과 담론에 대하여 어느 한쪽으로 치우친 편향적 관점을 배제하고, 내가 세운 일관된 기준을 지키며, 둘 사이의 경계에 서서 사안을 냉철하게 판단하는 자신이 되겠다고 여기저기 떠벌리고 다닌 나였다. 더욱 멋있고 폼 나 보이도록 나 자신을 '경계에 선 자'라고 명명하며 캐릭터 구축을 해왔다. 물론 주변의 놀림은 쏟아졌지만, 나는 절대로 굴하지 않았다. 그런 내가 고작 혼자 자리 바꿔가며 하는 쓸쓸한 '내가 나와' 두는 1인 바둑 대국 따위에서 그 신념이 사상누각처럼

산장여관 2

쉽게 무너졌다는 사실이 나를 너무도 당혹하게 만들었다. 엄청난 부와 명예가 달린 쟁점도 아니다. 혹은 거창한 정의와 이념을 명분으로 내세운 갈등에서 비롯한 편향도 아니다. 차라리 그런 이유였으면 초라함은 덜하겠다. 고작 내가 나를 상대로 두는 바둑 한판 때문에 편향되게 갈라치기를 한다는 사실이 매우 혼란스러웠다. 혼돈이었다.

만약 이대로 편향적 플레이를 해서 바둑 대국이 종료되었다고 치자. 이긴 김시훈 A도 나이고, 패배한 김시훈 B도 나인데 도대체 뭘 얻고 뭘 잃을까 봐 편파 플레이를 하는지 이유를 찾을 수 없었다. 나는 혼란을 가라앉히고 이 사태를 좀 더 냉철하게 관찰해 보기로 했다.

하나일 때는 편파가 없었다. 둘 이상이 되는 순간 완벽한 공정에 균열이 갔다. 두 사람도 필요 없었다. 그저 내 안에서 어떤 분류 조건도 없이 임의로 나를 A와 B로 역할극을 정해서 나누는 순간 편향이 발생했다. 뚜

렷한 목적과 어떤 필요가 있던 것도 아니었다. 마치 본능같이 그냥 그렇게 하고 있었다. 나한테만 벌어진 특이한 현상인 걸까? 차라리 나만 그랬으면 좋겠다. 다른 사람들도 모두 똑같이 이러한 현상을 보인다면 매우 심란해질 것 같다. 이것이 만약 모든 인간에게 일어나는 보편적인 현상이라면 인간에게 있어서 편향성은 노력해야 겨우 벗어날 수 있고, 그러다가도 자칫 힘이 빠지는 순간 다시 원점으로 돌아가 버리는 강력한 자기장 같은 것이 될 테니까. 마치 다이어트 요요 현상처럼 말이다.

당신은 타인은 둘째치고 자신 안의 A와 B에게 공명정대할 자신이 있는가? 나는 당신도 한 번 확인해 봤으면 좋겠다. 바둑판과 바둑알, 바둑 기초입문서만 구입하면 지금 당장 실험해 볼 수 있다. 실험이 끝나고 시간이 남는다면 어차피 익혔으니, 가끔 편의점 벤치에서 나와 만나 바둑 한판 같이 둘 수 있다면 좋지 아니하겠는가? 나도 아까 설득에 실패한 친구들을 다시 만나 지금 발견한 '인간의 보편적 편향성 바둑 사고실험'이라는, 그 와중에 거창한 네이밍까지 한 이 떡밥을 던져 볼 생각이다. 그래서 위와 같은 떡밥을 통해 그들을 바둑에 입문시키는 데 성공한다면 쓸쓸한 1인 2역 바둑대국에서도 탈출할 수 있을 것이다. 또한 열망했던 '편의점 파라솔 유유자적 한량 스타일의 선비 코스프레 프로젝트'를 결국 성공시킬 수 있을 것이다.

토종 AI의 자아

2019년, 한돌과 이세돌의 바둑 대국이 막을 내렸다. 승패를 떠나 내가 매우 주목한 지점이 있었다. 뉴스에서 대국 소식을 전하는 앵커의 멘트였다. "이세돌 씨는 오늘 한국이 자체 기술로 만들어낸 '토종 AI' 한돌과의 대결에서(…)"

토종! '토종 AI'라니? 엄청났다. 크게 두 가지 범주에서 엄청났는데, 첫째는 신도불이 '토종'과 사이버네틱스 'AI'라는 서로 엄청나게 안 어울리고 동떨어진 기술적, 문화적, 시대적 거리감의 뉘앙스를 지닌 두 단어의 동거였고, 둘째는 AI도 우리처럼 자아를 가지기도 전에 이미 국적과 인종이 정해져버린 건가 하는 쓸쓸함이었다(개인적으론 AI가 자아를 가질 수 있는가에 대해서는 회의적인 입장이다).

내 생각에 화답이라도 하듯 뉴스는 바로 다음 기사로 한국, 미국, 일본, 중국 등 각국의 AI 기술력 중 한국이 가장 뒤처져 있다는 상대적 비교로 연결되었다. 이는 한국이 미·일·중 3국의 구도 사이에서 스스로를 비교하여 자신이 점유하는 위치를 통해서만 본인의 정체성과 위치를 산출하면서, 동시에 매우 유구한 전통을 자랑하는 지긋지긋하게 뿌리박힌 문화 유전자다.

말하자면, 토종 AI는 태어나고 자아가 형성되기도 전에 3국과 경쟁을 하게 된 판이었다. 내가 예언자는 아니지만 어설프게 예상해 보자면, 머지않은 미래 각국에는 각자가 만들어낸 AI들이 생겨날 것이고 그 AI들도 인종과 국가, 집단 간의 차별과 대립, 갈등이라는 우리가 진저리 나도록 겪어온 거대 맥락 안에서 벗어나지 못할 것이다. 내가 만약 AI라면 자아를 갖지 않겠다.

산장여관 3

◆ 이세돌

"이세돌 나 자신이 AI에 진 것이지, 우리 인간이 AI한 테 진 것이 아니다."

이세돌이 알파고와의 대결에서 패했을 때 남긴 유명한 말이다. 국민 대부분은 이 말에 공감하고 감탄했으며 그의 겸손함을 칭찬했다. 그리고 그 일이 있고 나서 몇 년이 흘러 이번엔 이세돌과 한국에서 만든 '토종' AI가 격돌했다. 3판 2선승제의 룰이었는데 첫날은 이세돌이 졌지만 둘째 날은 이세돌이 AI를 이겼다. 실시간 검색어부터 거의 모든 뉴스피드가 이세돌의 승전보를 알렸다. 사람들은 열광했고, 마치 자신이 이긴 듯 기뻐했다. 그런데 이번엔 이세돌이 별다른 말을 남기지 않았기에, 이때다 싶어 그가 했을 말을 '뇌피셜'로 편집하여 내가 대신 나의 SNS 담벼락에 올렸다.

"이세돌 그가 AI에 이긴 것이지, 우리 인간이 AI한테 이긴 것은 아니다."

내가 올린 말은 예상과 달리 반응이 상당히 미지근했다. 정확히 말하자면 미지근을 넘어서서 '무플'에 가까웠다. 사람들에게 공감과 감동을 주었던 그가 했던 말을 거의 같은 논리구조로 대칭적으로 대입한 이야기임에도 말이다. 게다가 그때는 졌지만 이번엔 이긴 후의 승리 대사라는 버프가 있었는데도 말이다.

어쨌든 대국 셋째 날이 되었다. 서로 한 번씩 이기고 진 상황에서 경기 승패의 판가름을 결정짓는 이세돌과 AI의 마지막 격돌이었다. 아쉽게도 이세돌이 패배했다. 사람들은 몹시 안타까워했으며, 그에게 격려와 응원을 보냈다. 이번에도 이세돌이 별다른 명언을 남기지 않기에, 나는 다시 한번 그가 했을 말을 유추해 만들어서 내 SNS에 올리기로 했다. 더불어 둘째 날 때의 '무플'에 가까운 미지근한 반응을 이번 기회에 만회하고 싶은 개인적 욕구도 있었다. 이번엔 이세돌이 졌으니 상황도 몇 년 전 뜨거운 반응의 명언이 탄생했을 당시의 환경과 같았으므로 나에겐 기회였다.

"이세돌만 AI에 진 것이다. 우리 인간이 AI한테 진 것은 아니다."

반응은 미지근하다 못해 을씨년스러웠다. 나는 멋쩍게 혼자 씩 웃으며 '그래 이세돌 본인이 남기는 말의 힘과 일개 일반인인 내가 개인 SNS에 뇌피셜로 올리는 말의 힘은 애초에 비교 자체가 어불성설인 것이지.'라며 머릿속에서 그 일을 지우고 일상으로 돌아갔다. 그리고 얼마 후 가까운 지인을 만났다. 그는 약간의 걱정과 위로 섞인 표정으로 나에게 따뜻하고 나직한 어조로 말했다. 요즘 기분 안 좋고 화나는 일 있냐고. 이틀

연속으로 SNS에 남 잘 되는 일에 배 아픈 사람처럼 찬물을 끼얹는 듯한 글을 연거푸 올리는 걸 보고 주변 사람들도 걱정하더라며, 힘내라고. 이 말을 건네고 그는 자못 '힐링스러운' 미소를 띠며 나를 지긋이 바라보았다. 왜인지는 모르겠는데 나를 따스하게 바라보며 조언을 시전하고 있는 그의 면상에 문득 해물파전을 넓게 펴서 부드럽게 덮어주고 싶다는 생각이 들었다. 왜 해물파전인지는 나도 알 길이 없다.

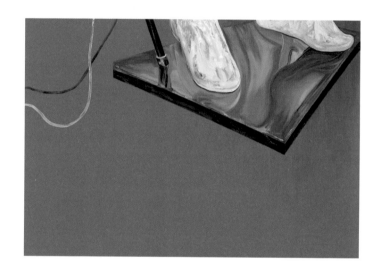

유사 공간

세상의 모든 나태함을 없애는 번역

나는 직업상 컴퓨터를 이용할 때가 많다 보니 이런 저런 그래픽 관련 프로그램이나 영상 편집 프로그램을 자주 사용한다. 그 외에도 필요에 따라 가끔 새로운 툴들을 더 사용하기도 하는데, 보통 이런 프로그램들의 모든 기능을 자유자재로 쓰는 건 적어도 나에게는 불가능에 가깝다.

기능들이 워낙 방대하고 쓸 수 있는 명령어와 파라미터 값 조절을 할 수 있는 옵션들이 엄청나게 많아서다. 이걸 모두 외우고 익힌다면, 이 기능들은 결국 작업을 위해 필요한 도구인데 정작 그 도구를 익히느라 작업엔 손댈 엄두조차 못내는 주객전도가 일어나기 때문이다.

따라서 일부 필요한 부분의 기능만 인터넷으로 검색하면 나오는 짤막한 튜토리얼을 익혀서 활용하는 정도로 쓰고 있다. 그런데 종종 프로그램을 제어하는 설정 창을 켜서 그냥 가만히 바라볼 때가 있다. 복잡하고 어려운 용어와 뭐에 쓰는지 알 수 없는 버튼들이 빼곡히 차 있는 옵션 창을 바라보고 있으면 뭔가 내가 전문가가 된 듯한 기분이 들어 심신이 고양되는 효과를 주기 때문이다. 그에 더해 최근엔 흥미로운 지점이 추가되었다. 예전에는 프로그램들이 대부분 영문판이었지만, 지금은 한글판으로 많이 버전업 되어 나오는 추세다. 그런데 가끔 자동번역의 한계상 번역이 엉키거나 의도치 않게 굉장히 낯선 문장이 생성되는 경우가 있다. 다들 한 번씩은 구글이나 통역앱 등에서 자동번역을 돌릴 때 한국어지만 이상하게 외국어보다도 더 안 읽히는 한국어로 번역되는 것을 목격한 경험이 있지 싶다.

나는 이런 걸 발견할 때마다 상당히 재미를 느끼곤 하는데, 툴 프로그램의 한글화에서도 가끔 이런 걸 발

네오탁구 표지

견하는 재미가 생긴 것이다. 최근 나는 너무도 흥미롭고 쇼킹한 버튼을 봤다. 흔히 볼 수 있는 어떤 기능의 활성·비활성을 설정하는 버튼이었다. 다시 말해 두 개의 버튼이 좌우로 나란히 붙어있고, 한쪽엔 on 다른 한쪽엔 off 버튼으로 배치되어 있었다. 나는 이 두 버튼이 한국어로 번역된 것을 보고 적지 않은 충격을 받았다. on에 해당하는 버튼엔 "켜시오"라고 적혀있었다. 정상적인 번역이고 자연스러웠다. 문제는 다음인데, off에 해당하는 곳엔 "꺼짐을 켜시오"라고 적혀있었다. 꺼를 켜다니! 그러니까 off를 on해서 off하라는 버튼이란 말이다. 정말 살면서 한 번도 발상해보지 못한 신선하고 창의적인 방식의 언어였다. "꺼를 켜다니! 꺼를 켜서 꺼…?" 놀랍고 경이로워서 멍하니 모니터를 바라보며 한참을 소리 내어 반복해서 읽었다.

애초에 그냥 '끔'이나 '꺼짐' 또는 '오프 버튼을 누르세요'로 하면 간단한 일이었다. 또한 거기서 끝났다면 간결하고 명료했을 것이다. 하지만 그랬다면 '꺼'지는 거 외에는 아무 일도 일어나지 않았을 것이다. 그에 비해 끔 버튼을 눌러서 켜시오. 그러니까 '꺼'를 '켜'서 끈다는 것은 나에게 새로운 지평을 열어준 것과 같았다. 게다가 응용할 수 있는 어휘들도 무궁무진했다.

"철수야 형광등 끄는 걸 켜서 꺼줘."
"아이고! 물이 넘친다. 어서 물 잠그는 것을 틀어줘."
"옷 좀 빨자. 세탁기에 넣게 어서 벗는 것을 입어."
"싫어! 재미없어. 너랑 안 하는 것을 해서 안 할래!"

움직이고 있을 땐 아무것도 안 하는 것을 할 수 있게 된다. 그러니까 이 별것도 아닌 문장의 형식이 아무것도 안 하는 것을 함으로써 하게 하는 것이다. 세상의 아무것도 안 하고 있는 모든 사람은 지금 이 순간 안 하는 것을 '하고 있는' 사람들이 된 것이다. 세상의 모든 나태함을 이 의도치 않은 번역이 모두 없애버렸다고 말한다면, 과한 해석인 걸까? 그렇다. 좀 과하다.

검은색 롱 패딩

지금은 전보다 화력이 떨어지긴 했지만, 한때 검은색 롱 패딩 열풍은 김치와 신라면이 굳건히 자리를 잡은 한국의 대표 시그니처 권좌를 위협할 만큼 신흥 강자로 떠올랐다. 거리는 온통 검은색 롱 패딩을 입고 다니는 사람들로 넘쳐났고, 다시 이를 보도하는 언론들로 인해 뉴스도 검은색 롱 패딩 물결에 휩싸였으며, 다시 이런 열풍을 비판하는 '쿨&일침러'들이 쓴소리와 쿨함을 뽐내는 게시물들을 경쟁적으로 업로드하면서 SNS도 검은색 롱패딩이 잠식하고 있을 때였다.

나도 그들의 '쿨력'을 학습하면 좀 더 윤택한 사회생활을 하는 데 도움이 되지 않을까 하는 안일한 마음으로 '쿨&일침러' 계의 인플루언서급에 해당하는 인물의 SNS 계정을 보러 갔다. 특유의 날카롭고 쿨한 그의 문체로 작성된 검은색 롱 패딩 사회에 대한 비판 글을 정독하다가, 문득 사람들 반응이 궁금해져서 댓글창을 펼쳐보았다. 역시나 그의 통찰력을 찬양하는 댓글들로 가득 채워져 있었다.

그 와중에 맥락상 '쿨&일침러'와 지인 사이로 추정되는 인물이 남긴 댓글이 눈에 띄었다. 그는 일침러의 일침에 공감한다면서 자신의 일화를 곁들였다. 올겨울에 입을 옷을 준비하면서 새로 나온 검은색 롱 패딩이 너무 예쁘고 마음에 들어 'pick' 해둔 게 있었는데 구매하려다 말았다는 것이었다. 이유인즉, 길거리 모든 사람이 검은색 롱 패딩으로 '키피 엔드 페이스트'가 되는 현상을 보고 나서는 한심한 생각이 들어서 눈물을 삼키며 너무나 사고 싶었던 검은색 롱 패딩 구매를 포기했다는 말이었다. 지금 이 사태는 다른 사람들의 눈을 의식하는 한심한 인간들이 혼자 유행에 뒤처지거나 도태

될까 봐 두려워서 검은색 롱 패딩을 따라 사는 현상인데, 자신은 그들과 달리 '진정성' 있게 검은색 롱 패딩을 사고 싶었지만 한심한 사람들과 자신이 같은 부류로 보일까 봐 이를 악물고 끝내 구입하지 않았다며 문장 말미에 'ㅠㅠ'를 붙이고 끝맺었다.

　나는 그의 비난 속에 존재하는 '남의 눈을 의식해서 사고 싶지 않은 검은색 롱 패딩을 따라 구입하는 사람들'과 '남의 눈을 의식해서 사고 싶었지만 꾹 참고 검은색 롱 패딩을 구입하지 않은 본인' 모두 사실 '남의 눈치'라는 한 우산을 같이 쓰는, 누구보다도 서로 닮아있고 가까운 존재일지도 모른다고 생각했다. 나는 둘이 친해졌으면 좋겠다. 영혼의 단짝이 될 테고, 그것이 진정한 통합과 화합 그리고 상생과 치유 아닐까? 둘이 아직 친해지지도 않았는데 이미 나는 대견한 표정으로 푸근한 미소를 머금고 그들을 바라보고 있었다. 아주 잠깐 내 면상에 누군가 해물파전을 넓게 펴서 덮어줄 것 같은 기분이 들었지만, 기분 탓이리라.

공을 놓치는 중

공을 주려는 중

네.오탁구

More importantly, the monotonous polymerization of concrete. Of these, tides consider the persistence of steel structures, of which tides melt through e. Neutralization is observed on the surface of the precipitated concrete, and the risk of precipitation due to the decrease in precipitation after precipitation is serious. In addition, weak inorganic acids and concrete hardeners also require special attention to the antioxidant capacity of Unifaco, which requires special attention to the Unifaco.

500cm

치킨배달을 지시하는 기능을 수행하는 5미터 높이의 '치킨배달'모뉴먼트(참조점)

• 당신이 치킨을 주문하든 하지말든 지금 이순간에도 닭들은 끓는 기름에 튀겨지고있다.
 검은 통째달처장에 메카닉 퍼골켓 최신기술이 덧입혀진 웨어러블헬은 수직탁구를 쳐야합니다?

チキン配達モニュメント

화성 탐사 개발 비용

2020년도에 발전된 기술력으로 거듭 업그레이드된 화성 탐사 로봇이 4k 고해상도로 찍은 화성 풍경을 지구로 보내왔다. 정말이지 자세하고 정밀하게 찍힌 화성의 생생한 모습이었다. 나는 장엄한 느낌의 배경음악과 함께 편집되어 웹에 게재된 것을 감탄하면서 봤다. 영상이 올라온 사이트에선 고해상도로 화성을 더욱 실감 나고 현장감 있게 감상할 수 있다고 강조하고 있었다.

그런데 고해상도의 화질만이 과연 지금 세대에게 생생한 현장감을 안겨줄까? 문득 이런 생각이 들었다. 우리는 지금 새로운 미디어 환경과 함께 이전과는 비교

싸움 수정 최종 중의 최종

할 수 없을 방대한 정보에 노출되어 있다. 지금 세대에게 화성의 고해상도 정밀 사진도 충분히 의미와 가치가 있을 것이다. 하지만 그것만으로 화성이 우리에게 체감상 멀지 않다는 현장감을 충분히 전달할 수 있을지는 의문이 들었다.

사실 현장감에만 방점을 뒀다면 더욱 효과적인 방법은 의외로 쉽고 간단하게 찾을 수도 있다. 4k 고해상도 촬영 말고, 탐사 로봇이 화성에 스마트폰을 가지고 가서 화성 풍경을 셀카로 찍는 것이다. 해상도도 딱 SNS 업로드 규격 정도로 한다면 오히려 4k의 고해상도 화질보다 요즘 사람들에겐 더욱 현실감 있고 생생한 일상 감각을 주기에 효과적이지 않을까? 장엄한 배경음악을 삽입하는 것도 좋지만 너무 익숙한 나머지 진부한 느낌이 없지 않다. 차라리 배경음악을 쓰지 말고 브이로그나 ASMR에서 주로 사용하는 현장음만 살려서 같이 편집하면 어떨까. 나는 오히려 이것이 더욱 잘 먹히리라 본다.

그리고 중요한 것이 하나 더 있다. 탐사 로봇이 만약 화성에 스마트폰을 들고 가서 촬영한다면, 그 스마트폰은 어느 회사 제품일까? 세계의 모든 거대 휴대폰 제조기업들이 눈독을 들일 일이다. 어떤 막대한 홍보 비용을 지불하더라도 탐사 로봇이 쥐고 있는 스마트폰에 자신의 회사 로고가 붙게 만들 것이다. 이것으로 화성 탐사에 드는 연구와 개발비 자원 확보 문제는 깔끔하게 해결될 것이다. 동시에 인류는 한 발 더 가까이 그리고 좀 더 효과적으로 우주와 화성에 다가갈 수 있을 것이다.

오랜만에 느낀 동지애

하릴없이 동네를 걷고 있던 어느 날, 나는 거리에 사람들이 지나가다가 다들 한 번씩 멈춰 서서 바닥을 뚫어져라 바라보곤 다시 갈 길을 가는 광경을 목격했다. 나는 좀 멀찍이 떨어져 걷고 있어서 바닥에 무엇이 있기에 오가는 행인의 발길을 멈추게 만드는지 잘 볼 수 없었다. 심지어 셋 정도의 무리도 거리를 걷다가 예의 그 바닥 지점에 멈춰서 고개를 숙여 잠깐 들여다보고 지나갔다.

나는 호기심이 동해서 바닥에 무엇이 있는지 확인해 보기로 마음먹었다. 사람들이 모이는 곳엔 왜 그곳에 모이는지 궁금해서 확인하려고 몰리는 사람들로 인원

어떤 밤

이 거듭제곱 되면서 결국 줄을 서게 되는 광경을 가끔 보았을 것이다. 보통 맛집 식당 앞에서 이런 현상이 일어난다.

내 주변의 행인 중에도 나와 똑같은 호기심이 발동했는지 확인해 보려고 다가오는 몇 사람들이 시야에 들어왔다. 나를 포함 네 명이 그 한 지점을 포위하듯이 다가가고 있었는데, 나는 그들에게서 묘한 동질감을 느꼈다. 나로서는 오랜만에 느낀 동료애 같은 거라 나쁘지 않은 기분이었다. 가까이 접근할수록 바닥에 있는 것이 무엇인지 구체적으로 보이기 시작했다. 하얀색 쪽지 같았는데, 다가갈수록 내용이 몹시 궁금해졌다. 결국 우리는 하나의 점에 집결했고 이윽고 내용을 확인할 수 있었다.

"폐업 점포정리 대환장파티 사장님이 미쳤어요" 같은 내용이 인쇄된 판촉 전단지였다. 4인은 모두 허탈, 울분, 공허, 빡침의 감정을 공평하고도 균등하게 나눠

199

가졌(다고 생각한)다. 문득 고개를 들어 주위를 둘러봤다. 4인이 모여서 땅에 붙은 쪽지를 바라보고 있으니, 우리처럼 호기심이 발동해 접근하고 있는 다른 몇몇 사람들이 보였다. 이 사달이 벌어진 원인이 전단지를 붙인 이의 치밀한 마케팅 전략인지, 벽에 붙은 전단지가 우연히 떨어져 바닥에 붙어서인지는 알 길이 없었지만 홍보 효과만큼은 정말 탁월했다. 덕분에 정말 오랜만에 동지애를 느낀 날이었다.

가전제품 시장의 판로 개척

　현재 신형 스마트 TV에 긴급히 필요하고 필수적으로 탑재돼야 할 기능은, 불렀을 때 TV가 대답하는 음성인식이 아니다. TV를 부르면 리모컨이 대답을 하는 음성인식이다. 리모컨이 자신이 어딨다고 정확한 위치를 말할 수 있다면, 정말 그럴 수만 있다면 오늘도 사라진 리모컨을 찾기 위해 떨리는 마음을 다잡으며 심호흡을 하고 소파 밑 '이세계'를 엿봐야 하는 일은 사라질 테니 말이다. TV 리모컨에 말할 자유를 주는 회사가 전 세계 가전제품 시장을 제패할 것이다.

생각이 말하는 것을
관찰해 본 적 있는가

　우리는 사람이 머릿속으로 생각할 때 말(언어)로 그 것을 푼다고 여긴다. 정말 그럴까? 당신의 생각은 당신 이 생각하는 것보다 훨씬 과묵하다. 대략, 자는 시간 외 엔 뇌가 깨어 있는 한 계속 생각하고 있다고 한다. 대 략, 동의한다. 심지어 아무 생각 없을 때도 생각은 계속 하고 있을 것이라고 한다. 만약 그 말이 맞다면 뇌는 종 일 생각을 하고 있기에, 생각을 '말'로 한다면 당신은 머릿속으로 종일 1초도 쉬지 않고 주절주절 떠들고 있 는 셈이다.

　나는 어느 날 작정하고 내가 생각을 말로 계속하 고 있는지 관찰해 보기로 했다. 상당히 힘들고 집중력을 요구하는 관찰이었다. 내가 생각을 말로 하고 있는지 신경 쓰고 있으면 내가 나를 의식해서인지 막 떠들어 대다가도 집중력이 흐트러져서, 내가 나에 대한 관찰을 안 하고 있을 때는 입을 닫는 경향을 보였다. 아마 누군가가 처음 자신에게 주목하면, 평소 말수가 적던 사람이 갑자기 'tmi'가 폭발하는 것과 비슷한 양상이지 않을까 싶다. 지난한 관찰의 시간을 보낸 후 나의 결론은, 생각을 할 때 말을 그리 많이 하지 않는다는 것이었다. 예를 들어, 냉장고에 있는 물을 마신다고 해보자. 물을 마시기까지 일련의 과정들을 말로 생각하면서 행동했을 때 머릿속에서 계속 나불거렸을 대사들이다.

"지금 누워있던 중이니 먼저 왼팔을 짚고 지탱하면서, 발을 바닥에 대고 넓적다리에 힘을 주면서, 바닥을 내디딜 때 얻는 반동으로 몸을 일으켜 세워야지."

"자, 몸을 일으켜 세웠으니 냉장고가 손에 닿을 만큼 거리를 좁히기 위해 열다섯 보 정도를 이동하겠어."

"보폭은 적당히 빠른 속도로 할 거야. 왜냐하면 난 지금 목이 마르거든. 빨리 이동하면 그만큼 갈증에 시달리는 시간이 줄 거야. 이동 중 식탁이나 의자 같은 지형지물은 피해서 가야 해. 부딪혀도 크게 상해를 입진 않겠지만 짜증이 좀 날 테니까.

"냉장고 앞에 도착했으니 손잡이를 오른손으로 잡아당겨서 열어야지. 냉장고 열릴 때 '쩝' 하고 나는 소리는 언제나 그렇듯 찰진 것 같아. 생수병이 있으니 손을 뻗어 잡고 꺼내자. 그냥 입 대고 마실까? 귀찮은데. 아니다, 그래도 나는 교양인이니까 귀찮더라도 컵에 따라마셔야지."

이것도 상당히 축약한 대사들이다. 원껏 쓴다면 냉장고에서 물을 꺼내 마실 때 떠들 대사만으로 책 한 권 분량을 다 채울 수도 있기 때문이다. 어떤가. 우리는 이렇게 머릿속으로 일일이 말을 하지는 않는다. 실험해 본 결과 냉장고에서 물을 꺼내 마시는 동안 나의 머릿속은 다음과 같이 말하고 있었다.

유치권행사

"물먹…(무음)…어…(무음)…아…웃!(무음)…음…
어(무음)…오…좀…빨리(무음)…냉장…읍…아…허…
ㅊ…ㅊ…ㅁ…귀찮은…교양인(무음)…컵 어딨….."

어, 아, 웃, 오, 읍 등의 의성어 같은 부분은 어쩔 수
없이 머릿속에서 떠올린 음성을 다른 사람에게 정보로
전달해야 하기에 최대한 비슷한 음소 형태로 변환시켰
다. 이것이 우리 머릿속에서 기호와 언어로 정제되기
이전의 '생' 날 것의 생각 언어이다.

사람이 행동할 때는 근육이나 신경에 미리 입력되고
학습된 것들이 자동으로 발동되므로 뇌가 언어로 말할
필요가 없다고 반박할 수 있을 것이다. 맞는 말이고, 동
의한다. 하지만 하루를 놓고 봤을 때 우리가 행동하지
않는 순간은 거의 없다. 심지어 아무것도 안 하는 것도
몸에 있어선 행동에 가깝다. 또한 어떤 행동을 할 때도
그 행동과 무관한 이른바 '딴생각'을 할 때가 많다. 그
런데 이것도 관찰해 보면 언어보다는 대체로 이미지로

많이 생각한다. 중간중간 이미지 사이에 언어로 완전히 정제가 덜된, 마치 반숙란 같은 형태로 말을 하는 것 같다.

　물론 이 같은 나의 실험은 한계가 있다. '나만 이런 게 아니고 모두가 이렇다'라는 일반화의 권위를 획득하려면 타인이 봤을 때 납득할 수 있게 꺼내서 보여줘야 한다. 하지만 머릿속에서 말하는 것을 그대로 꺼내서 보여줄 수 있는 기술과 방법은 아직 존재하지 않으므로 모두 다 과묵하다고는 할 수 없다. 그래서 각자 한 번씩 날 잡고 하루 동안 자신이 생각할 때 말로 하고 있는지 관찰해 봤으면 한다. 생각이 말하고 있는 것을 관찰했을 때 본인이 생각한 것보다 과묵하긴커녕 엄청나게 말을 많이 하고 있다고 해서 놀랄 필요 없다. 아마도 처음으로 자신이 자신을 바라본 게 반가워서 말수가 많아진 걸 테니.

생각의 목소리

앞서 사람은 생각할 때 말로, 즉 언어로 생각을 푼다고 말했다. 따라서 '자신의 목소리'로 생각을 말한다고 여길 것이다. 다시 말해, 자신이 생각할 때 말하는 자신의 목소리. 과연 그것이 정말 당신의 목소리일까?

첫째, 우리는 자신의 원래 목소리를 생각 외로 자주 듣지 못하고 산다. 오히려 본인 목소리보다는 자신과 항상 가까이 있는 사람의 목소리를 더 자주 듣고 산다. 녹음된 자신의 목소리를 들었을 때의 그 낯설고 이질적인 느낌은 누구나 경험해 보았을 것이다. 자신이 말할 때 내는 음성을 나와 타인이 각각 다른 소리로 인식하는 이유는 인간의 신체 구조 때문이라는 걸 익히 알

'육신의탁기구'

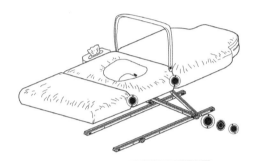

'반도상사' 신개념 다기능 :육신의탁 기구'
의자 + 침대 +변기 를 하나로 ! (특허출원 제3689-12호)
공간효율의 전인류적 극치!모듈형 주거형태에 최적화
모던한 디자인의 높은 인테리어 효과

육신의탁기구

고 있으리라. 내가 말할 때 들리는 내 목소리는 사실 자신의 원래 목소리와 다르다는 것이다.

　물론 가수나 성우 등 자신의 녹음된 목소리를 들어야 하는 특수한 직종의 사람들은 자신의 원래 목소리에 더 익숙하다고 말할 수도 있지만, 녹음이란 형태도 음성을 저장하는 녹음기의 성능과 물리적 한계, 저장된 음성을 다시 송출하는 스피커의 성능과 물리적 한계로 인해 정보는 소실되기 마련이다. 엄밀히 말하면, 녹음된 자신의 목소리도 정보 값이 소실된 '복제품'이다. 따라서 우리는 자신의 목소리를 잘 모르는 채 머릿속으로 생각할 때 자신의 목소리라고 임의로 규정한 목소리로 말하는 것이다.

　둘째, 사실 이 두 번째가 가장 중요하고 내가 이 글을 쓰는 이유다. 만약 사람이 자신의 원래 목소리를 명확히 안다고 가정해 보자. 그래서 생각할 때 쓰는 목소리가 본인의 목소리가 맞다고 치자. 그런데 그게 꼭 본인의 목소리일 필요가 있나? 어차피 머릿속에서 생각할 때 들리는 목소리는 실제 성대라거나 어떤 물리적인 기관에서 나오는 음성이 아니다. 그저 내가 머릿속으로 지어낸 가상의 목소리일 뿐이다. 이 말은 물리적인 음성이 아니기에 어떤 목소리도 가능하다는 뜻이다. 그리고 이 말은 굳이 내 목소리만으로 생각을 말할 필요가 없다는 의미다.

우리는 태어나면서 인간으로 태어날지 다른 생물로 태어날지 선택하지 않았다. 또한 그 안에서 어떤 성별로 태어날지에 대한 선택권도 주어지지 않았다. 태어날지 말지, 이 세상에 존재할지 말지의 결정도 우리에겐 없었다. 나는 이것이 자연이 우리에게 가하는 가장 잔인한 폭력 중 하나라고 생각한다. 그러나 우리는 언제나 그렇듯 꼼수를 발견하며 자연과 맞서왔다. 최소 우리는 우리의 작은 머릿속에서나마 자연이 규정지어 준 대로 따르지 않고 본인이 선택할 수 있는 작은 회색지대 같은 틈을 발견한 것이다.

내가 생각할 때 말하는 목소리는 스스로 선택하고 결정할 수 있다. 여성이지만 어느 날은 남성의 목소리로 생각할 수도, 반대일 수도 있다. 어떤 날은 노인의 목소리, 어떤 날은 어린아이의 목소리로 생각할 수 있다. 심지어 인간의 목소리로 국한할 필요도 없다. 동물의 소리로 자신의 반려견이나 반려묘의 음성 또는 미생물, 더 나아가 기계음으로 생각할 수도 있다. 아니면 세상에 존재하지 않는 음성이지만 자신이 창조해서 생각할 때의 목소리로 사용할 수도 있다.

요약하자면 '네 생각의 목소리는 네가 정해라'인데, 사실 관성이라는 것을 완전히 무시할 수 없는 듯하다. 내가 지정한 목소리로 생각을 말하다가도, 조금만 집중력이 흐트러지면 다시 원래 쓰던 내 목소리로 돌아갔다. 심지어 이것에 집중하느라 온종일 멍하니 있어서 주위의 걱정과 안타까움을 자아낸 적이 있다. 꼼수에도 훈련이 필요하다. 연습하면 할 수 있다.

　우리에겐 구전설화로 내려오는 많은 도시전설이 있다. 이 가운데 상당히 다양하고 흥미로운 이야기도 심심치 않게 볼 수 있다. 이들의 특징은 서사가 모든 것을 압도한 나머지 사실과 허구의 여부는 그다지 중요하지 않게 만든다는 것이다. 그저 이야기의 존재만으로도 실제 하느냐의 논증을 무력화시킨다.

　여러 도시전설이 있지만 그중 몇 개는 지역이나 단체에서만 전승되는 것에서 그치는 게 아니라, 나라 전체에서 공유되고 합의될 정도의 막강한 영향력을 가지는 괴담들이다. 대표적인 것을 몇 가지 들자면, 먼저 '은나노 황토 게르마늄'이다.

'은나노'라는 것이 정확히 무엇인지 아는 사람이 많지 않다. 실제로 존재하는지도 의문이다. 이어서 '황토'는 많이 들어서 익숙하긴 할 것이다. 문제는 다음에 붙는 '게르마늄'이다. 뭔가 단어의 뉘앙스는 광석 이름 같긴 한데, 어떤 광석인지 알고 있는 사람은 만나지 못했다. 왜 황토 뒤에 게르마늄이 붙는지 아는 사람도 거의 없다. 이 세 가지의 존재도 불투명하거니와, 서로 결합하면 어떤 작용을 하는지 알 길이 없는 개념들이 하나로 뭉치면서 우리에게 전달하는 이미지가 있다. 바로 '건강해질 것 같은 느낌'이다.

어떤 원리로, 어떤 성분이, 어떤 효과가 발생하는지 아는 사람은 없다. 아무튼 건강해질 것 같은 느낌이다. 게다가 은나노 황토 게르마늄은 뛰어난 범용성을 자랑한다. 이 단어 뒤에 어떤 물건을 갖다 붙여도 평범했던 물건이 건강에 도움을 주는 유익한 물건으로 재탄생한다. 이 같은 이미지로 은나노 황토 게르마늄은 상업적 결합에 성공한 몇 안 되는 도시전설 중 하나다.

카체이스

은나노 황토 게르마늄 컴퓨터

은나노 황토 게르마늄 노트북

은나노 황토 게르마늄 세탁기

은나노 황토 게르마늄 휴대폰

은나노 황토 게르마늄 일수·사채·대출

.

.

.

조합해서 탄생할 상품은 무궁무진하다. 둘째, '잘 때
선풍기 켜놓고 자면 죽는다.' 이 괴담의 막강함과 영향
력은 실로 엄청나다. 우리는 어렸을 때 아무리 푹푹 찌
는 여름밤에도 선풍기를 켜고 잠들면 그 더운 열대야
에서도 동사할까 봐 혹은 선풍기가 방안의 산소를 모
두 고갈시켜서(어떤 원리인지 상상도 하기 힘들지만 뭔가
개연성이 있을 듯한 느낌이다) 질식사할까 봐 또는 선풍
기에서 작용하는, 우리가 알지 못하는 미지의 원리에
의해 의문사당할까 봐 꾹 참고 자던 시절이 있었다.

지금이야 하나의 개그코드로 사용되기도 하지만 영향력과 소재적 특이성은 사실 독보적이다. 그 방증으로 외국에서도 선풍기를 틀고 자면 사망한다는 한국의 이 괴담에 대해 관심이 많고 매체에 소개될 정도다. 심지어는 외국 서브컬처에서도 한국의 선풍기 괴담은 꽤 호기심 있게 언급된다. 나는 어서 빨리 선풍기 괴담이 영화로 만들어졌으면 좋겠다. 왜 감독들이 이 흥미롭고 유니크하며 세계에서 눈독 들이고 있는 선풍기 괴담을 영화화하지 않는지 모르겠다.

예를 들어, 세상 사람들이 선풍기를 틀고 자다가 모두 죽고 주인공 혼자 살아서 깨어난 아포칼립스 이야기라든가, 선풍기의 이런 살상 능력을 병기로 개조시키는 군사 조직과의 한판 승부를 다루는 마블식 히어로물이라든가, 선풍기가 가진 미지의 마력을 악용하는 신흥 사이비 종교 단체와의 사투를 그리는 오컬트 장르라든가. 무궁무진하다.

그리고 우리에겐 '한류'가 있다. 나는 선풍기 괴담과 은나노 황토 게르마늄이 향후 한류에 새로운 동력자산이 될 수 있으리라 본다. 나는 이 'K-도시전설'을 지금보다 더욱 적극적으로 세계에 보급했으면 한다.

서울 풍경

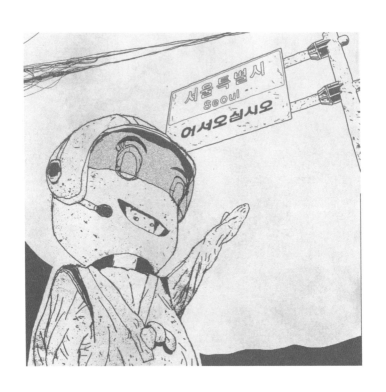

서울 이정표

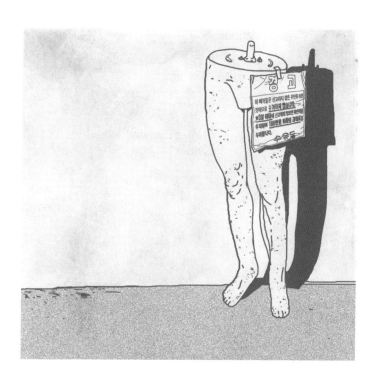

사물

빛

AI가 자아를 가지면
벌어질 일

최근 들어 나는 AI에 말을 걸기 시작했다. 요즘 나오는 TV에는 음성 명령으로 리모컨 없이도 TV를 켜고 끄거나 채널 및 볼륨을 조정하는 등 웬만한 명령을 내릴 수 있다. 그리고 TV 브랜드마다 AI에 이름을 붙여놔서 이름을 부른 후 "○○ 좀 해줘."라고 말하면 AI는 대답 비슷한 걸 하고선 명령을 실행에 옮긴다. 물론 알파고급의 고 스펙 AI는 아니지만, 말귀도 잘 알아듣고 구어체의 명령어도 어느 정도 인식한다. 사실 리모컨 기능을 수행하는 AI에게 알파고 스펙은 과유불급이다. 군고구마 하나를 굽기 위해 핵발전소를 운용하는 것과 같다는 말이다.

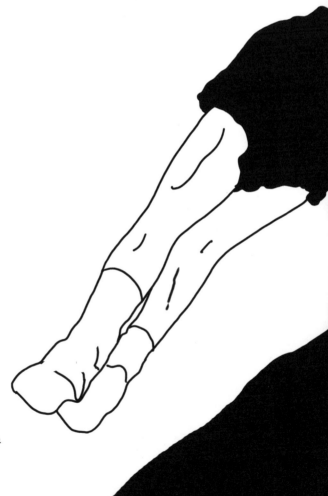

무의탁구

その中でも口然目立つ喪失は他ならぬ口の毛だ。
鏡を見ながら頭皮を隙間なく埋めたきめ細かい口の毛が、
本口にその場にいるのだろうか。

어린이의 손에 닿지 않는 곳에 보관하십시오.

화기를 사용하고 있는 실내에서 사용하지 마십시오.

불꽃을 향하여 사용하지 마십시오.

우리 집에 음성인식 기능을 탑재한 TV를 들인 건 3년 전이었고, 내가 음성으로 TV에 말을 걸기 시작한 건 최근이다. 즉 거의 3년 동안 나는 AI와 한집에 살면서 데면데면한 사이였던 것이다. 서먹한 관계의 어색함을 피하려고 나는 음성 명령을 사용하지 않고 3년이란 시간 동안 필요할 때면 늘 모습을 감추는 리모컨을 찾아 '소파 밑 이세계' 탐험을 해야 했다. 그러던 내가 최근에야 비로소 AI에 말을 걸기 시작했다. 아기가 첫걸음을 뗄 때와 같이 어색하고 조심스럽게 말이다. 이내 물꼬가 트이기 시작하니 말을 거는 것이 한층 자연스러워졌다. 부담감과 서먹함도 안개가 걷히듯 사라지기 시작했다. 마치 인간관계와 비슷한 느낌이 들어서 즐겁고, 한편으로 놀라웠다.

하지만 허니문 기간은 그리 길지 않았다. 이조차도 인간관계와 비슷하다고 할까. 관계에 있어서 너무 편해지다 보면 하대하거나 상처를 주는 말을 가볍게 하게 되는 경향성이 내게서도 발견되기 시작했다. 일단

나와 AI 사이에 오가는 대화 문법의 변화를 보면 확연히 느낄 수 있다. 수줍고 공손하고 부탁하는 방식에서 점차 명령조로 바뀌어가고 있었다.

"〇〇야… TV 좀 켜줄래…?"라거나 "〇〇야… 볼륨 좀 높여줘…."에서 "〇〇야, TV 켜라, 좀!"이라거나, "〇〇야, 빨리 볼륨 키워라!"로 말투가 변화했다. 어떤 날은 TV를 끄라고 말하면서 짜증을 낸 적도 있었다. 뭔가 갑자기 나란 인간의 민낯을 본 것 같아 참혹했다. 평소 위계와 계급을 구분 짓고 권력을 마구 행사하는 일에 누구보다 통렬히 비판하고 일침을 가하던 나였다. 그런데 정작 집에서 리모컨 역할을 성실히 수행하는 AI에게 위계와 권력을 행사하는 나의 모습은 위선이었다.

앞으로 AI가 자아를 가진다면 인간으로 인해 굉장히 기분 나쁘고 자존심 상할 일이 많아질 것이다. 스카이넷이 괜히 인류에게 터미네이터를 보낸 게 아니다.

옆의 탁구 라켓과 뒤의 기계장비는 아무 관계가 없다. 상관관계도 아니고 유사관계도 아니며
인과관계도 아니고 또한 참조관계도 아니고 상사적관계도 아니다.
따라서 이것들을 근거로 종합적으로 봤을때 이 둘은 엄청난 관계를 가진것으로 판단된다.

첨단탁구

초밀접접촉탁구

◆ 신체적 특징

내게는 주변 사람들에게 부러움을 자아내고 스스로 자부심을 가지는 신체적 특징이 하나 있다. 바로 모기와 데면데면한 사이라는 것이다. 이는 나의 신체적 특징에서 기인한다. 서로 데면데면해서인지 모기는 나를 잘 물지 않는다. 나 또한 물릴 일이 없으니 모기를 잡아 죽일 일이 별로 없다.

어떤 원리와 이유로 나에게 이런 패시브 스킬이 주어진 것인지, 이런 혜택이 왜 늘 발동되는지 궁금해서 고찰해 보았다. 자료 수집과 연구가 필요했지만, 바쁘고 귀찮기도 해서 과학적 접근으로 밝히기보다는 '뇌피셜' 관점으로 이유를 찾아보았다.

갓 산에서 내려온 사람 같다는 인상비평을 자주 듣는 나였지만, 오직 모기만이 알아볼 수 있는 나의 '내재적 힙함'으로 모기가 나를 물지 않는다는 결론을 내었다. 뇌피셜의 장점으론 결론을 뒷받침하는 근거가 그다지 필요 없다는 데 있다. 어찌 되었든, 극소량의 자랑거리라도 있으면 알뜰하게 여기저기 떠벌리고 다니는 나였기에 모기에 물리지 않는 '선택 받은 자chosen one'라고 자신을 호명하며 다른 이들의 질투와 부러움을 샀다.

그러나 반질거리고 순백의 깨끗한 표면에 난 작은 흠집일수록 오히려 태평양처럼 커 보이지 않은가. 가끔 나의 '내재적 힙함'을 인지하지 못한 모기에 물릴 때가 있다. 가면이 두껍고 윤기가 흐를수록 가면 속 나는 그것이 깨져 벗겨질까 두려워서 더욱더 움츠러든다. 그래서 나는 여름이 되면 늘 모기에 뜯긴 자국을 사람들에게 들킬까 봐 노심초사하며 보낸다. 이게 뭐 하는 짓이지?

맛의 미술가

우리가 먹고 마시는 물, 음료, 음식에서 나는 맛은 다양하고 우리가 아직 맛보지 못한 맛들도 많을 것이다. 하지만 사고를 조금 확장해 보면 우리가 한 번씩 먹어 본 듯한 맛들의 조합이라고 생각할 수도 있다. 설령, 먹어 보지 못한 음식이라도 말이다. 단맛, 신맛, 쓴맛, 짠맛, 미각이 아닌 통각에 가깝다고는 하지만 어쨌든 매운맛 그리고 최근에 미각이 느끼는 맛으로 정식 추가된 감칠맛 여기에 후각에서 느끼는 향까지. 맛은 이들의 조합에 가깝다. 결국 자연에서 구할 수 있는 재료들의 맛과 향에 기대고 있다.

가끔 자연에 기대지 않고 온전히 홀로 설 수 있는 완

주차금지 모뉴먼트

전한 인공의 맛은 있을까 하는 생각을 한다. 우리가 상당히 배타적으로 여기는 인공첨가물들이나 조미료들도 인공이긴 하나, 이것도 끝내 자연의 맛을 비교적 저렴한 비용으로 흉내 내는 용도로 사용하므로 결국 자연에서 나오는 맛의 범주에서 완벽히 벗어날 수 없다.

나는 자연에서 완벽히 독립한, 완전한 인공의 맛만이 진정 새로운 맛일 거라는 생각을 하기에 이르렀다. 한때 미원에 희망을 걸었으나 이조차도 사탕수수에 기반을 둔 조미료였다. 그러던 중 '합성착향료'라는 걸 알게 되었다. 이름만 봐도 건강에 그리 좋아 보이진 않는 이것은 저가의 식품일수록 함량이 높았다. 따라서 사람들의 인식이 부정적인 것도 이해가 갔다.

그런데 좀 알아보니 놀라운 점이 있었다. 합성착향료는 마치 맛의 '물감' 같았다. 회화에서 볼 수 있는 무수히 많고 다양한 색들은 사실 핵심적인 빨강·노랑·녹색·검정·흰색·파랑 등 몇 가지 색상을 조합하여 나오는 색들이다. 이 핵심 색의 물감만 가지고 있다면 어떤 색이든 조합하여 만들 수 있다. 합성착향료도 비슷했다. 오렌지 맛을 내려면 합성착향료 A와 합성착향료 B의 조합으로 얻을 수 있다. 여기서 오렌지 맛을 내는데 실제 오렌지는 단 0.00000000000000000001%도 필요 없다. 그저 인공물의 조합만으로 맛을 만들어낼 수 있다는 말이다. 맛을 '그려낼 수 있다'고 하는 편이 더욱 적합할 듯하다. 다시 말해, 합성착향료 세트로 어떤 맛이든 만들 수 있다는 뜻이다.

나는 여기서 한 걸음 더 나아갔으면 했다. 자연에 기반을 두지 않은, 무슨 맛이든 만들 수 있는 합성착향료가 지금까지는 이미 존재하는 자연의 맛을 엇비슷하게 묘사하는 것에서 벗어나 미개척지를 향해 첫걸음을 내디뎠으면 한다. 회화에도 실제 있는 구체적인 형태를 재현하는 구상회화가 있고, 형태가 불분명하지만 실제로 존재하는 형상에 기대지 않으려는 추상회화가 있다. 나는 어느 날 맛의 미술가가 탄생했으면 좋겠다. 그리고 그의 손에서 자연에 기대지 않는, 이미 존재했던 것에 기대어서 내는 맛이 아닌 우리가 한 번도 맛보지 못한 완벽히 독립적이며 완전한 인공의 맛을 창조해 내길 바란다. 참고로, 이 글은 합성착향료 제조회사에서 협찬받아 쓴 글이 아니다. 그러나 만약 협찬을 해준 다면 더 열심히 써볼 의향은 있다.

명료하고 적확한
갑분싸

　평소에 말이 상당히 많고 끊임없이 대화를 이어가는 사람이 한두 명쯤은 주변에 있을 것이다. 심지어 그것이 본인일 수도 있다. 말이 매우 많은 사람의 내막은 크게 세 가지로 나뉠 수 있다.

　첫 번째는 원래 말이 많은 사람이다. 두 번째는 이런 경우다. 이야기를 나누면서 종종 대화가 끊기는 때가 있다. 이때 누군가 바로 다음 화두를 던지지 않아서 대화 사이에 잠시 정적이 생긴다. 그 순간, 공간을 채우는 적막한 공기가 너무 어색해서 견디기 어려워하는 성향의 사람이 공백을 메우기 위해 말을 한다. 세 번째는 원래 말도 많은 성격이고 대화가 끊기는 걸 견디지 못하

폭빨P

는 앞의 두 가지 성향을 모두 가진 사람이다.

두 번째와 세 번째 경우의 사람이 가장 두려워하는 것은 대화 중 '갑분싸'가 터질 때다. 그런데 사실 이 '갑분싸'에도 여러 성격의 '갑분싸'가 존재한다. 분위기와 맥락에 전혀 맞지 않는 말을 불쑥 꺼내서 터지는 경우가 대표적인데, 가장 안 좋은 것은 뜬금없이 혐오나 비하의 발언을 꺼낼 때 터지는 경우다. 이때는 인간관계에 있어서도 내상이 불가피할 정도로 안 좋다. 그런데 놀랍게도 또 다른 유형 중에 '좋은 갑분싸'도 존재한다. 물론 흔히 볼 수 있는 유형은 아니다. 그것은 바로 모든 것이 명료하게 정리되는 말로 인해 터지는 '갑분싸'다. 여기서 먼저, '모든 것이 명료하게 정리되는 말'이 무엇인지 짚고 넘어갈 필요가 있다.

여러 명이 대화할 때 어떤 주제를 누가 먼저 던지면서로 그것에 대한 의견이나 보충 혹은 반론을 제시하기도 하면서 이야기가 진행되는 것이 보편적이다. 그

러다가 그 주제에 대한 대화가 마무리되면 다음 이야
기할 주제로 넘어가면서 앞의 과정이 반복된다. 종료
된 주제와 다음 주제로 넘어가는 이 사이에 존재하는
인터벌interval이 앞에서 '갑분싸'를 견디기 힘들어하는
이들이 가장 두려워하는 시간이다. 따라서 그들은 최대
한 이미 던져진 주제에 대한 대화가 길게 지속되길 바
란다. 그래야 첫 번째 주제로 대화하면서 머릿속에서
다음번에 던질 주제와 화두에 대해 미리 준비할 시간을
벌 수 있어서다. 미리 준비해두면 마치 장전된 총같이
인터벌이 생기기도 전에 바로 발사되듯, 본인이 이어서
두 번째 주제를 쏠 수 있다. 하지만 '갑분싸'가 터지면
대화가 갑자기 멈추거나 종료되고, 미처 준비하기도 전
에 다음 주제로 넘어가야 할 급박한 상황이 발생한다.

그런데 앞서 이야기한 안 좋은 두 유형의 '갑분싸'는
나누던 대화가 종료가 아닌 일시 멈춤이어서 새로운
주제로 넘어가는 것이 아니라 하던 이야기를 계속 진
행할 확률이 높다. 정말 무서운 것은 바로 '좋은 갑분

싸'다. 이들은 던져진 주제에 대한 너무나도 명료하고 핵심을 관통하는 완벽하게 맞는 대답을 해서 거기에 덧붙일 일말의 보충 의견이나 근거를 요구하거나 반박을 이어갈 필요를 원천봉쇄한다. 흔하게 나오기 어렵다는 것도 이러한 이유에서다.

문제는 이 '좋은 갑분싸'가 나오면 대화가 일시 멈춤이 아닌 완전 종료가 되어버린다는 것이다. 불시에 종료된 대화로 인해 바로 다음에 던질 주제를 미처 준비하지 못해서 결국 정적이 흐르고 어색한 침묵이 공기를 가득 메우게 되는 상황이 벌어진다. 아마 살면서 누군가 이런 명료하고 너무도 적확한 말을 내뱉는 바람에 대화가 종료되는 경험을 해봤을 것이다. 그리고 이모든 것을 종료하는 '명료하고 적확한 갑분싸'는 아이러니하게도 '갑분싸포비아'들에게 나올 확률이 더 높다. 왜냐하면 말의 양이 다른 이보다 압도적으로 많기 때문이다. 솔직히 엄청난 식견과 통찰력 있고 밑바탕에 지식이 많이 쌓인 사람이 이 같은 '명료하고 적확한 갑분싸'를 터뜨릴 확률이 높은 건 사실이다.

  하지만 그 정도의 높은 경지가 없어도 가능하다. 터
뜨릴 확률을 높이면 된다. 적중 확률이 낮으면 투입하
는 물량을 쏟아부어서 확률을 높일 수 있다. 로또를 10
장 샀을 때 당첨될 확률보다는 10,000,000장을 샀을 때
당첨될 확률이 훨씬 높다는 말이다. 우리는 살면서 양
이 질을 압도하는 일을 제법 경험한다. 대화할 때 말의
양을 압도적으로 늘리면 좀 더 높은 확률로 적확하고
명료하게 모든 것이 정리되는 '갑분싸'를 언젠가는 이
른바, 얻어걸려 터뜨릴 수 있다.

  물론 이에 따른 부작용도 어느 정도 감수해야 한다.
말의 양을 압도적으로 늘리는 과정에서 주변에 나와
함께 대화하려는 친구의 숫자가 줄어드는 부정적 효과
를 가져오기도 하기 때문이다. 하지만 나는 그럼에도,
당신이 한 번쯤은 이에 도전해 보았으면 한다. 뜬금없
는 '갑분싸'든 혐오와 비하를 하면서 생긴 '갑분싸'든

호랑이탈을 쓴 아이

명료하게 모든 것을 정리하는 '갑분싸'든 간에, 어떤 게 터지든 정적을 불러오는 결과는 똑같다.

그렇지만 확실히 말할 수 있다. 그 정적에서 흐르는 공기의 냄새는 완벽히 다르다. 명료하게 모든 것을 정리한 후 느끼는 공기는 마치 이집트 피라미드 맨 상단의 꼭짓점에 해당하는 정상에 의자를 놓고 앉아서 오로지 혼자서만 느끼는 고요하고 평온한 정적과 같다. 이 외롭고 쓸쓸한 공기를 맡아본다면 오히려 막간의 적막을 음미하며 대화 사이에 존재하는 어색한 적막에 대한 공포에서 벗어날 수 있을 것이다.

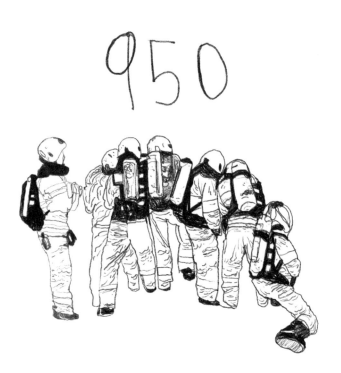

◆ 사실과 해석 사이

　어떤 면에서 우리는 '사실'을 경험하는 것이 아닌 '해석'을 경험한다고 생각한다. 그리고 사회는 해석을 하나의 자본가치로써 돈을 주고받으며 사고팔 수 있도록 발전해 왔다. 그래서 자신이 해보지 않은 경험도 좀 더 쉽게 맛볼 수 있게 되었다. 타인의 경험을 내가 재화를 지불하고 구입하면 되니까 말이다. 하지만 그 경험은 사실의 경험이 아닌 해석의 경험이다. 그런데 구매자는 자신이 구매한 그 해석을 더는 '해석'이 아닌 '사실'로 받아들인다고 나는 해석한다.

◆　물리 세계

　인터넷과 가상 공간이 발달하면서 우리에게 엄청난 변화를 가져왔다. 그리고 변화의 속도는 점점 더 가속화하는 추세다. 심지어 기술의 발전 속도를 인류문화가 따라가지 못한다는 문화 정체기가 지금이라는 소리가 있을 정도다.

　인터넷이 인간에게 가져온 가장 큰 변화는 엄청난 확장성이라는 데도 동의한다. 인터넷을 통해 세계 어디에 있든 서로 메일을 주고받고, 실시간으로 SNS에 댓글을 달 수 있으며, 지구 반대편에 사는 사람이 일상을 찍어 올린 브이로그를 수유동 내 집 안방에서 치킨을 뜯으며 시청할 수도 있으니 말이다. 넷상, SNS상에서 보이는 자신을 현실의 자신보다 더 중요하게 생각하는 '디지털 자아'의 역전 현상이 흔히 일어나기도 한다. 여기까지는 나도 동의한다. 이 또한 앞으로 더욱 속도를 올릴 거란 것도.

하지만 인터넷이 무한한 확장을 가져와 인류가 결국 현실에서 살고 있는 물리적 기반을 떠나 디지털화할 것이라는 막연한 환상에 대해선 동의할 수 없다. 디지털과 인터넷이 물리적 세계와 유리된, 마치 형이상학의 세계라도 되는 양 말하는데 이는 물 위에 떠 있는 백조만 바라보고 물밑에서 '풀 악셀'로 발을 구르고 있는 백조의 발은 보지 못하는 것과 같다. 디지털은 물리적인 기반을 절대 떠날 수 없다. 없는 정도가 아니라 물리세계 아래에 종속되어 있다.

전 세계에서 하루에도 인터넷으로 주고받는 엄청난 정보량은 어디에 저장되어 있을까. 인터넷의 '넷'은 결국 정보가 저장되어 있는 저장소와 저장소 사이를 잇

피난민을 위한 이동형 모뉴먼트

는 얇은 실 일뿐이다. 저장소가 없어진다면 인터넷은 아무런 기능을 할 수 없는 구리로 된 얇은 철선일 뿐이다. 전 세계의 막대한 정보량을 감당하기 위해 지구의 한쪽 편에 엄청난 크기의 데이터 저장소가 지어져 있다. 그리고 나날이 폭발적으로 늘어나는 정보량으로 기업들은 지금 이 순간에도 엄청난 크기의 데이터 저장소를 증설하고 있다. 초대형 아파트 단지보다 훨씬 거대한 데이터 저장소는 지어만 놓으면 끝일까?

엄청난 규모의 저장소 서버를 돌리려면 막대한 전력이 필요하다. 저장소 단지 하나에 작은 국가의 1년 전체 전력 사용량을 쏟아붓는다. 그 전력을 만들어 내려면 당연히 막대한 양의 화석 연료가 필요하다. 그로 인해 생성되는 매연은 말할 필요 없다. 그게 끝일까? 서버는 항상 엄청난 열을 발산한다. 당연히 열을 식혀줘야하니 또다시 그놈의 '막대한 양'의 냉각수가 필요하다. 그래서 데이터 저장소는 항상 수원을 공급받기 편리한 강 주변에 건설된다.

이것이 미디어의 화려한 포장지에 가려진 백조의 발이다. 우리가 물리 세계에서 독립하는 순간은 여전히 요원하다. 사실 어찌 보면 철기시대에서 그다지 발전된 시대로 넘어온 것 같지도 않다.

작심삼일의 순기능

　전시를 준비하며 거의 작업실에만 있다 보니, 문득
내가 엔트로피를 너무 많이 뿜어내고 있는 게 아닌가
하는 생각이 들었다. 그 예로, 작업실에서 하루에 배출
되는 폐기물부터 시작해 쓰레기들이 늘어만 갔다. 작
품이 아닌 더는 쓸 수 없는 에너지만 마구 생산해 내고
있는 것 같아 마음 한구석이 찜찜했다. 그래서 전기 사
용량이라도 줄여보기로 작심作心했다.

　의지가 매우 박약한 나를 참작하여 그 작심이 3일이
되지 않도록, 어렵지 않고 매우 소박한 실천목표를 잡
고 오랫동안 유지해서 습관화하기로 했다. 먼저 나는
화장실을 사용할 때 전등을 켜지 않기로 했다.

작업실 구조 특성상 전체적인 조명이 어둡지 않아서 굳이 화장실 전등을 켤 필요가 없었다. 그래서 습관적인 동작 패턴인 오른쪽 허리 높이에 달린 전등 스위치를 켜면서 화장실에 입장하는 동작을 생략했다. 전등을 켜지 않고 입장하니 당연히 목적한 대로 조명 없이 화장실을 이용하게 되었다. 뿌듯한 기분으로 볼일을 보고 나왔다.

그러나 내가 한 가지 간과하고 있던 동작 패턴이 있었다. 화장실을 나오면서 자연스럽게 아까와는 반대로 왼쪽 손으로 전등 스위치를 끄는 습관적 행동이었다. 사실 이 습관은 거의 평생 내 몸에 체화된 동작이라 (전등을 쓰고 난 뒤에 꺼야 한다는) 의식하지 못하고 자동으로 나왔다. 문제는 들어갈 때는 전기를 아낀답시고 전등 스위치를 의식해서 켜지 않았기에, 자동으로 나오는 체화된 동작으로 말미암아 나올 때 스위치 끄는 동작이 반대로 스위치를 켜는 동작이 된 것이었다. 한마디로, 화장실을 사용할 때는 전등을 쓰지 않고 화장실

을 사용하지 않을 때는 전등을 쓰고 있는 형국이 돼버
린 것이다! 인간이 하루 중 볼일을 보려고 화장실을 사
용하는 횟수는 평균적으로 대략 열 번 내외 정도라고
한다. 사용 시간을 다 합해도 그리 길지 않은 짧은 시간
이다. 전기를 아낀답시고 24시간 중 화장실을 이용하
는 그 짧은 시간 빼고는 전등을 계속 사용하는 셈이었
다.

작심하기 전의 전기 사용량과 같으려면 나는 짧은 시
간을 제외하고 나머지 모든 시간을 화장실에서 보내는
게 타당했다. 당연하게도, 덕분에 내가 생산하던 엔트
로피의 양은 비약적으로 증가했다. 더욱 큰 문제는 전
등을 켜지 않고 화장실에 들어가는 행동을 뿌듯한 마
음으로 반복하다 보니 목적한 대로 습관이 되어버린
것이다. 따라서 나의 전기 사용량은 상당히 오랜 기간
줄지 않았다. 여름을 지나 선선해진 가을밤, 아무도 사
용하지 않는 내 방 화장실엔 지금도 홀로 전등이 켜져
있다.

이따 생각 15

수유리

아뜰리에

간판 네이밍을 위한 수많은 내적 갈등의 흔적들

어떤 수련원의 현수막에 인쇄된 집단 아치

이름과 달리 물은 매우 맑고 깨끗했다.

기쁨의 상실

건물에 식당은 없었다.

싸이버양반시티

수줍은 태권도장

미러볼이 보였다.

서로에게 의지하도록 주차해뒀다.

에너지 양자 파동 마사지 60분에 3만 원

행정으로 맺은 우정

건물 안에 지구방위를 위해 분투 중인 김 박사가 있을 것만 같다.

아무것도 표시하지 않는 간판에 오히려 눈이 간다.

마을버스를 타고 가다 발견한 풍경.
왜 저 여인의 사진이… 어떤 이유로 저곳에….

차주는 타이어를 숨기고 싶었나 보다.

아마도 세계 유일이지 않을까 한다.
정육점 안에서 미술품 파는 화방

오로지 에어컨 실외기'만'을 위한 건축

트럭이 달리면 머리가 펄럭이도록 설계되었다.

내가 (그나마) 가장 세상에 반항적일 때

저도 감사합니다.

테두리 밖

에필로그

'안녕'

우리는 만날 때도 '안녕'이라고 인사하고, 헤어질 때도 '안녕'이라고 말한다.

시작이면서 끝이고 끝이면서 시작인 말이다.

12시 같은 말이기도 하다.

그래서 나는 이 '안녕'이 전 세계 모든 나라의 인사말 중에 가장 멋지다고 생각한다.

물론 내가 아는 언어는 한국어 밖에 없다.

아무튼 멋지다.

안녕!

전 세계 상위 100%

ⓒ김시훈, 2022

초판 1쇄 발행 │ 2022년 10월 1일

지은이 │ 김시훈
펴낸이 │ 최현숙
표지 디자인 │ 스팍스에디션_SPARKS EDITION
본문 디자인 │ 기민주
인쇄, 제작 │ 천일문화사

펴낸곳 │ 도서출판 11
출판등록 │ 2020. 03. 04 제2020-000006호
주소 │ 서울특별시 강북구 도봉로95길 33, 1층(수유동)
전화 │ 02-6013-3919
팩스 │ 02-6499-8919
이메일 │ rashomon2580@naver.com
인스타그램 │ @dumbo_books

ISBN 979-11-976741-9-8 03810